Geheimnisvolles Familienerbe

Thriller von Roman Schmidt

Die Orte, sowie der Mädchenname meiner Ehefrau, sowie deren Großeltern sind authentisch.

Die Handlung der Geschichte ist jedoch frei erfunden. Jede weitere Ähnlichkeit mit lebenden oder toten Personen ist nicht gewollt und wäre rein zufällig.

Anno 2014
Roman Schmidt

1

Einführung

Meine Frau war als kleines Mädchen oft mit ihrer Oma Minna zusammen, nachdem die als Spätaussiedlerin zu ihnen in den Erft Kreis kam, wo die Verwandten lebten. Fragen zu ihrer Heimat hat sie nie beantwortet. Nur so viel, dass sie sehr hart arbeiten musste, um die große Familie, das Gesinde und die vielen Tiere mit den Erträgen der Landwirtschaft ernähren zu können. Z.B. wurden vor ihr einmal wöchentlich, mehrere 6-pfünder Brote gebacken und täglich zwei warme Mahlzeiten für insgesamt fünfzehn Personen zubereitet.

Bis ihre beiden Söhne zum Militär kamen, arbeiteten auch sie genauso, wie die einzige Tochter mit auf dem Hof. Als dann der Opa unter mysteriösen Umständen starb, war die Belastung für die Oma doppelt schwer. Nachdem durch die Kriegswirren auch noch die östlichen Gebiete verloren waren und von polnischen Vertriebenen besetzt wurden, ihr ältester Sohn im Krieg vermisst, der zweite, (mein Schwiegervater) im Lazarett lag, war an eine normale Zukunft auf dem ehemaligen Gut nicht mehr zu denken. Sie blieb bis Ende der vierziger Jahre, um dann, nur mit ihren Kleidern am Leib, in den Westen reisen zu dürfen. Ihren Andeutungen zufolge muss sie dabei Schlimmes erlebt haben. Da weder Fotos, noch Erinnerungen an den Opa Bülow vorhanden sind, erzähle ich eine fiktive Geschichte aus der damaligen Zeit. Im Internet war es möglich, dorthin zu reisen, visuell über die Dorfstraße zu gehen und die Überreste des Gutes zu sehen. Ein mulmiges Gefühl, zu wissen, dass Vorfahren dort den größten Teil ihres Lebens verbracht haben.

Roman Schmidt

Das Erbgut

Sie ging auf der einsamen, fremden Landstraße genauso sicher und entschlossen, als wäre sie schon hundert Mal hier entlang gelaufen. Minna verspürte die heimatlichen Gefühle, die von der Umgebung ausgingen, die sie bisher nur aus den Erzählungen ihrer verstorbenen Großmutter kannte. Sie blieb einen Augenblick stehen. Hier musste die Kirche gestanden haben. Nur noch grasbewachsene Mauerreste, ein großes, halbverwittertes Holzkreuz, der gepflasterte Weg und der dahinterliegende Friedhof zeugten davon. Im Hintergrund stand seitlich davon die kleine Kapelle mit einem angebauten Wohnhaus. Sie ging langsam auf der Straße weiter und verspürte gleich wieder die Erregung, die in ihr aufstieg. Hinter der nächsten Wegbiegung müsste der Gutshof liegen, den ihre Oma wegen der Kriegswirren so fluchtartig hatte verlassen müssen. Tief atmete sie die frische Landluft ein und plötzlich war sie nicht mehr so sicher, wie noch vor ein paar Minuten. „Man muss die Vergangenheit ruhen lassen! Immer diese ollen Kamellen von dem Hof und den Tieren! Ich kann das nicht mehr hören!" Das hatte ihre Mutter immer gesagt und damit Oma Minna unterbrochen, wenn sie aus ihrer Erinnerung erzählen wollte. Die bemerkte das Desinteresse, schwieg und ging nach unten, wo sie zwei kleine Zimmer im Nebenhaus bewohnte. Ihre Lieblingsoma tat ihr dann leid, sie fühlte dann mit ihr die gleiche, ohnmächtige Leere. Sie trug den gleichen Vornamen wie ihre Großmutter, die ihr die Geschichten von den Abenden, den Feiern und der harten Arbeit auf dem großen Gutshof immer dann erzählte, wenn ihre Eltern ausgegangen waren und sie bei ihr im

Wohnzimmer saß: „Oma, bitte! Ich will es aber hören! Mama versteht uns nicht!" Dann grinste die alte Frau, nahm sie auf den Schoß und schmückte die Erzählungen so realistisch genau aus, als wäre die Kleine mit dabei gewesen. Sie war irgendwann zwar hundemüde, konnte aber trotzdem nicht genug von den alten Erinnerungen bekommen. Ohne Zweifel litt die arme, alte Frau unter der Trennung und Vertreibung aus ihrer fernen Heimat mehr, als ihre Familie sich das vorstellen konnte.

Jetzt war es so weit, gleich endeten die dichten Büsche, die den Weg bis hierher gesäumt hatten und die frei Fläche der Weiden und das, mit hohen Mauern umgebene Gut würde sichtbar werden. Sie verlangsamte ihren Schritt, denn ein Mann kam ihr auf dieser einsamen Strecke entgegen. Eine gekrümmte Pfeife hielt er paffend mit den spärlich gewordenen, restlichen Zähnen mühsam im Mund fest. Er trug Holzklumpen und eine graue, fleckige Arbeitshose. Die viel zu große, aus dem gleichen Stoff bestehende Jacke schlabberte an seinem hageren Körper. Mit schlurfenden Schritten kam er näher und musterte die Figur der Fremden argwöhnisch, ohne ihr ins Gesicht zu schauen. „Entschuldigung . . ." sprach sie ihn höflich an: „War hier nicht vor dem Krieg ein großer Gutshof?" Das Entsetzen stand dem Mann ins Gesicht geschrieben, so als wäre er dem Wahrhaftigen begegnet. Der Alte bekreuzigte sich und drehte sich um. Dann besann er sich offensichtlich und stakste, so schnell ihn seine gebrechlichen Knochen tragen konnten, an ihr vorbei. Sie drehte sich um und sah nur noch wie er tiefgebeugt weiterrannte. Bald hörte sie nur noch das gleichmäßige Klappern der Holzschuhe auf dem gepflasterten Weg. Sie war wieder alleine. Ihr Herz raste,

4

als sie einen ersten Blick auf die verwilderte, riesige Fläche wagte. Hohe Mauern umgaben das Gelände. Sie ging vorsichtig bis zur breiten Einfahrt. Ein Tor gab es nicht mehr, nur noch Reste davon in Form von verrosteten Eisenstäben erinnerten an bessere Zeiten. Verfallene Ruinen zeugten von mehreren Häusern und Schuppen, die hier gestanden hatten. Die verwitterte Front des einigermaßen intakten Haupthauses zeigte noch Spuren vom prunkvollen Stuck und den verkleideten Brüstungen, die einst Balkone und Veranden umsäumt hatten. Das also war ihr Erbe, das niemand von der Familie haben wollte. Seltsam war es schon, dass alle darauf verzichtet hatten, obwohl doch angeblich keiner von ihnen jemals das Land gesehen hatte. Sie nahm ihre Digitalkamera und machte ihre ersten Aufnahmen, vom Innenhof, dem alten Brunnen und den angebauten Stallungen. Sie beschloss, sich hier im Ort ein Zimmer zu nehmen. Aus einer Dorfschänke kam ein Stimmengewirr, denn in den Sommermonaten standen die Fenster weit offen. Die Tür ruckte und quietschte entsetzlich, als sie eintrat. Das plötzliche Verstummen der Gespräche führte sie auf das störende Geräusch zurück, dass von ihr ungewollt ausgelöst worden war. Doch dann sah sie in der Mitte der Gäste den Alten mit der Pfeife stehen, den sie vorhin vergeblich nach dem Gut gefragt hatte. Die Stille wurde beängstigend und Minna ging vorsichtig zur Theke, wo eine junge Frau gerade dabei war, Gläser zu spülen. „Kann ich . . . " sie unterbrach ihre Frage, denn ihr Mund war trocken. Die junge Barfrau hielt ihr ein Glas Wasser hin. Als sie gerade daraus trinken wollte, kam der Wirt hinzu: „Sie können hier nichts essen!" Irritiert schaute sie in an: „Können Sie Gedanken lesen?"

Der Mann ignorierte ihre Frage: „Wir geben auch keine Getränke an Fremde aus!" damit strafte er beide Frauen mit seinem scharfen Blick. Sofort gab Minna das Glas wieder zurück. „Freundlich sind die Menschen hier! Sehr freundlich!" sagte sie laut und verließ die Kneipe wieder durch die krächzende Tür, die sie jetzt aber extra weit offen stehen ließ. Leise hörte sie ein Raunen aus der Dorfschänke. „Die hat nach dem Teufels-Acker gefragt, wenn ich es doch sage. Das ist eine Hexe, womöglich mit denen verwandt. Sie hat sein Gesicht, den gleichen Gang, die gleiche Stimme . . . . .". Minna schüttelte den Kopf. „Abergläubisches Volk! Wir leben doch nicht mehr im Mittelalter!" Trotzdem überkam sie ungewollt ein kalter Schauer, der langsam ihren Rücken heraufkroch. Sie beschloss, den Pfarrer aufzusuchen, der neben der neuen Kirche wohnte.

Die Türglocke klang hell, fast schon schrill, als sie an der Kordel zog, die neben dem kleinen Fenster angebracht war. Da es keine Straßenlaternen gab, war sie vorsichtig mit dem schwachen Licht ihres Mobiltelefons über den buckeligen Steinweg bis hierhergekommen. Da, endlich ging ein Licht im Inneren des Wohngebäudes an und eine mürrische Stimme erklang. „Wollt ihr mich ärgern? Wartet ab, wenn ich euch zu fassen bekomme. . . . . . " Das Türschloss wurde betätigt und dann stand ein Mann mit Laterne im Rahmen. „Ach . ." entschuldigte er sich. „Ich habe gedacht, es wären die Lausbuben, die mich manchmal abends beim Essen stören. Kommen Sie herein!" Er trat zur Seite und sie ging in den schmalen Flur, den kleinen Koffer in der rechten Hand. „Sie sind nicht von hier?" „Nein, ich bin eine Fremde! Wie man mir soeben deutlich im Gasthaus zu verstehen gab!" Der

Pfarrer stellte sich vor und entschuldigte sich für das grobe Verhalten seiner Schäfchen: „Seltsam! Das ist überhaupt nicht deren Art! Was führt Sie in meine bescheidene Stube?" Minna war angetan von der Freundlichkeit, die der junge Pfarrer ausstrahlte. „Ich wollte im Wirtshaus ein Zimmer haben. Es wurde mir jedoch verweigert und nun weiß ich nicht, wo ich die Nacht schlafen kann. Gibt es hier in der Nähe ein Hotel oder eine Pension? Ich habe hier im Dorf etwas Wichtiges zu erledigen." Friedrich, wie der Gastgeber sich genannt hatte, saß am Tisch und deutete auf den zweiten Stuhl neben sich. „Ein Kaffee? Tee, oder geben Sie mir die Ehre, mit mir Bratkartoffel zu essen? Meine Haushälterin kocht immer für eine ganze Kompanie und schimpft dann mit mir, wenn ich nicht alles aufbekomme. Übrigens . . . ." Er schaute sie offen an: „Sie können im Gästezimmer schlafen!" Dann stand er auf, nahm aus dem Schrank einen weiteren Teller und eine Tasse und stellte sie neben sich auf den Tisch. Minna stand immer noch und hielt sich an ihrem Koffer fest. „Können Sie hierhin stellen, ich klaue nicht. Gott verbietet mir das!" Schmunzelnd nahm er die Pfanne vom Herd und verteilte die dampfenden Kartoffeln auf die beiden Teller. „Mit Zucker und Milch?" fragte er, als er mit der Kaffeekanne vor ihr stand. „Nun setzen Sie sich doch endlich!" Minna nahm Platz und nickte: „Wenn`s geht nur mit ein wenig Milch, bitte!" Sie wackelte auf dem Stuhl hin und her, um im Sitzen ihren langen Mantel auszuziehen. Pfarrer Friedrich putze seine Hände an der Schürze ab, die er eben angezogen hatte, setzte sich wieder und nickte ihr aufmunternd zu: „Mit Speck, Schinken, Käse, Spiegeleier und Zwiebel! Anna kann gut kochen!" Zur Bestätigung rückte er ein wenig vom Tisch zurück und klopfte mit der flachen Hand auf seinen leichten Bauchansatz. Minna nahm einen Schluck von dem heißen Getränk und hatte schon bald den ersten Bissen im Mund. Eine Wohltat! Nach der Aufregung der letzten Stunden konnte sie sich das erste Mal richtig entspannen. Während dem Essen sprachen sie beide nicht. Erst als er anfing, das Geschirr abzuräumen und in die Spüle zu stellen, sagte er: „Setzen wir uns noch ein wenig an den offenen Kamin!" Das war eine Aufforderung, der sie gerne nachkam. Sie setzte sich in den hohen Ohrensessel, der am Fenster stand. „Ein Schlückchen Rotwein?" Minna schaute ihn an. Erklärend antwortete er: „Anna, ich meine Frau Winter achtet sehr darauf, dass ich unter der Woche keinen Alkohol trinke!" Minna nickte verständnisvoll und er ergänzte: „Nur wenn Gäste da sind, hat sie ein Einsehen." Mit zwei Gläsern und der entkorkten Flasche kam er zurück in die Stube und setzte sich in den zweiten Ohrensessel, der schräg gegenüber stand. Das flackernde Feuer ließ dunkle Schatten an den Wänden tanzen. Er prostete ihr zu und Minna erklärte, warum sie hier im Ort war: „Ich habe geerbt!" sagte sie stolz, um danach jedoch traurig zu ergänzen: „Das Gut, das auf dem Teufels-Acker steht. So sagen die Leute hier!" Sie hob frustriert ihr Glas und leerte es, entgegen ihrer Natur, in einem Zug. Mit ernster Miene schaute Friedrich sie an. „So lange bin ich noch nicht in dieser Pfarrei, aber man redet natürlich." Minna blickt ihm direkt in die Augen: „Was redet man?" Friedrich stand auf und holte die Flasche Rotwein, die er zurück auf die Anrichte gestellt hatte. „Ich bin Pfarrer und glaube solche Sachen nicht. Es spukt in den Gemäuern, sagt man. Noch ein Glas?" Er hielt ihr die

Flasche zum Einschenken hin, während Minna ihn anstarrte. „Es spukt? Auf dem Grundstück? Wie merkt man das?" Er schüttete das dargebotene Glas halbvoll und zuckte mit der Schulter: „Weiß ich auch nicht. Aber ich werde mich schlau machen. Die alte Olga ist mir sehr zugetan. Sie ist hier im Ort geboren und müsste mehr davon wissen. Glauben Sie etwa an solche Dinge? Das ist nicht christlich. Das ist Teufelswerk und zudem eine große Sünde, daran festzuhalten." Minna nickte und trank einen weiteren, großen Schluck. Sie war nicht daran interessiert, gegen Spuk und Teufel anzukämpfen und doch sah sie jetzt grässliche Gesichter in den flackernden Schatten an der Wand. Sie wollte sich hier niederlassen. Ein schönes Leben führen, Tiere halten, und dann so was. „Ach", sagte sie und kramte den Fotoapparat aus ihrer Handtasche. „Ich hab Fotos vom Hof gemacht, waren Sie schon mal da?" Friedrich schüttelte den Kopf und schaute auf den kleinen Bildschirm, während Minna die Wiedergabe suchte. „Da! Das war die Toreinfahrt. Meine Oma hat mir alles ausführlich beschrieben, ich kenne jedes Gebäude, jedes Zimmer." Sie drückte die Taste und erklärte die Bilder. „Stopp! Wer war der Mann da gerade? Ich dachte, Sie wären alleine im Hof gewesen?" Minna stutzte. Natürlich war sie alleine da gewesen. „Zurück, zurück! Halt. Oben am Fenster! Da schaut ein Mann raus, oder etwa nicht?" Minna vergrößerte das Bild und holte den Fensterausschnitt nahe ran. Jetzt erschrak sie, denn den Beschreibungen ihrer Oma nach und dem einzigen Foto, dass sie von ihm gesehen hatte, musste es sich um den Opa handeln. Kennengelernt hatte sie ihn leider nicht mehr. Er war schon lange vorher gestorben, und wenn sie so darüber nachdachte, sehr viel hatte sie von ihm und den Umständen seines frühen Todes nie von ihr erfahren. So redselig, wie Oma Minna in allen anderen Dingen auch gewesen war, dieses Kapitel schien im Dunkeln zu liegen. „Das gibt es doch nicht! Da stehen große Schilder: Einsturzgefahr! Wie sollte da einer reingehen können?" Wieder schaute sie auf das digitale Bild. „Seltsam!" Friedrich wollte sie auf ein anderes Thema bringen: „Meinen Sie denn, dass Sie hier Arbeit finden werden? Der Ort besteht nur aus einer Straße! Wir haben hier dreihundert Einwohner. Das ist alles. Ich wohne zwar hier, aber der Gottesdienst ist im Nachbarort." Minna schaute ihn an und er ergänzte: „Zehn Kilometer von hier ist ein größerer Ort. Diese Pfarrei hier ist zu klein für einen festangestellten Pfarrer. In „Walde" gibt es zweitausend Einwohner und eine richtige Kirche!" Minna wurde müde und schaute Friedrich an: „Wo, sagten Sie ist das Gästezimmer?" Der Pfarrer sprang auf. „Ich gehe vor!" Bald waren sie im oberen Geschoß und er zeigte ihr das Bad und die kleine, gemütliche Stube mit dem Gästebett. „Ich schlaf unten! Wenn Sie noch irgendeinen Wunsch haben . . . ?" Minna schüttelte den Kopf und legte den Koffer auf das Bett. „Ich komme schon zurecht. Vielen Dank erst einmal und gute Nacht." „Gute Nacht Frau . . . . ?" „Bülow! Minna Bülow!" Er nickte und stieg die steile Holztreppe wieder herunter: „Gute Nacht, Frau Bülow und gute Träume!" Minna ging ins Bad, machte sich bettfertig und lag kurz darauf in den frischen Federn. Von unten hörte sie das leise Klappern von Geschirr. Friedrich schien noch zu spülen . . . dann fielen ihre Augen zu und eine wohlige Wärme umgab die junge Frau. Die Fahrt hierher und die Erlebnisse des Tages ließen sie schnell einschlafen.

Der erste Tag

„Frühstück!" Eine Frauenstimme weckte sie und Minna
musste sich zuerst einmal orientieren. Wo war sie? Was
war das für ein Bett? „Frühstück ist fertig, Frau Bülow."
Jetzt wusste sie wieder, wo sie war! Im Pfarrhaus! Der
Rotwein schien gut gewesen zu sein, denn sie hatte
keinen schweren Kopf. Das musste die Haushälterin sein,
von der Friedrich gestern gesprochen hatte, wie hieß die
noch einmal? Sie hatte den Namen vergessen und rief nur
herunter: „Zwei Minuten! Ich bin gleich soweit!" Dann
huschte sie schnell ins Bad, putze die Zähne und band
ihre widerspenstige Haarpracht nach oben. Nun kleidete
sie sich an, wobei sie diesmal auf einen Rock verzichtete
und ihre Jeans anzog. „Fertig!" rief sie und tastete sich
vorsichtig die viel zu steile Treppe herunter. Mit
ausgestreckter Hand kam ihr eine pummelig-runde Frau
entgegen: „Winter!" sagte sie dabei, „Anna Winter.
Nennen Sie mich Anna, das machen alle, hier!" Sie hatte
einen kräftigen Händedruck. „Bülow! Minna Bülow! Wo
ist der Pfarrer?" Anna schaute sie entgeistert an und
stotterte: „Der de . . . der kommt später. Hausbesuche!
Wie heißen Sie?" Minna wiederholte ihren Namen und
ging in die Stube, wo es herrlich nach frischem Kaffee,
Brot und Wurst duftete. „Was ist? Gefällt Ihnen mein
Name nicht?" Anna kam zögernd herein: „Sie sind doch
nicht etwa mit dem Herrn Bülow verwandt, der hier sein
Gehöft hatte?" Minna nahm unaufgefordert Platz und
schaute sie an: „Doch, bin ich! Eben der war mein
Großvater! Paul Carl Friedrich Bülow." Anna kam zu ihr
und setzte sich neben sie: „Auch das noch!" So, als
könnte sie es nicht fassen, sah sie die junge Frau von der

Seite an und irritierte Minna. Sie stellte die gerade gefüllte Tasse wieder hin: „Was ist mit Ihnen? Kannten Sie ihn etwa? Ich hab ihn nicht mehr kennen gelernt. Als ich geboren wurde, war er schon fünf Jahre tot!" Die Pummelige murmelte leise etwas vor sich hin, was Minna nicht zu deuten verstand. „Was ist? Wissen Sie etwas von meinen Großeltern? Wie waren sie?" Anna wiederholte ihr Gemurmel etwas lauter und nun verstand sie es: „Graulich, graulich!" Jetzt drehte sie ihren Stuhl zu der Haushälterin herum und schaute sie an: „Was wissen Sie von ihnen? Waren Sie hier im Dorf nicht gut gelitten? In der Kneipe gestern Abend sprachen die Männer immer nur vom Teufels-Acker. Erzählen Sie mir, was los ist!" Frau Winter sprang auf: „Warum ich? Warum muss ich das sein, der Ihnen die Wahrheit sagt? Was wollen Sie hier? Warum sind Sie hierhergekommen und wühlen die alten Sachen wieder auf? Genügt es nicht, dass der Athlet Graulich durch das alte Gemäuer spukt? Er wird keine Ruhe finden, bis das alles geklärt ist!" Minna war entsetzt: „Was geklärt? Ich weiß wirklich nicht, wovon Sie reden. Der Pfarrer hat mir gestern nichts dergleichen erzählt. Ich habe das Grundstück geerbt und wollte mir ein Bild davon machen. Das ist alles!" Anna zog ihre Stirn in Falten und kam näher. Geheimnisvoll flüsterte sie ihr leise zu, so als dürfte das niemand anderes hören: „Verschwunden ist er, der Graulich! Spurlos über Nacht. Ich erinnere mich noch, dass die Alten auf dem Gut eingeladen waren, an diesem düsteren Herbstabend. Ein fürchterliches Gewitter tobte und keiner traute sich, nach Hause zu gehen. Die Alten erzählten, dass der Graulich, ich meine natürlich den Gutsbesitzer Bülow, also in jener Nacht verschwand er, einfach so! Niemand hat ihn jemals wiedergesehen, bis . . . " Minna schaute die Frau an: „Ja, was weiter? Bis?" Sie war sehr erregt und nervös: „Bis vor einem Jahr. Da haben ihn ein paar Männer gesehen und sofort wiedererkannt. Sie wollten sich ein paar Bretter von der alten Scheune abbrechen, als er plötzlich vor ihnen stand, schlimm!" „Vor einem Jahr? Dann wäre er doch jetzt . . . . Moment" Minna rechnete nach: „Das geht nicht! Das kann er nicht gewesen sein. Dann wäre er jetzt 106 Jahre alt und die ganze Zeit will ihn niemand mehr gesehen haben? Lächerlich! Meine Oma hat mir selber gesagt, dass er in jungen Jahren verstorben ist. Er hatte einen Unfall." Anna nickte: „Ja, ich weiß! Das ist die Version, die man sich hier erzählt. Aber es muss ganz anders gewesen sein, glauben Sie mir! Da ist etwas Schreckliches auf dem Hof passiert, in dieser Nacht." Dann flüsterte sie wieder: „Und jetzt ist er wieder zurückgekommen, um sich zu rächen, deshalb haben alle Angst. Nur ganz wenige wissen, was wirklich . . ." Die Unterhaltung wurde jäh unterbrochen, denn der Pfarrer kam herein: „Hallo, guten Morgen. Seid ihr schon beim Frühstücken?" Als er in die Gesichter der beiden schweigsamen Frauen sah, dämmerte es ihm: „Anna! Sie haben doch nicht schon wieder ihre Märchen erzählt? Was soll Frau Bülow von uns denken?" „Das sind keine Märchen, Herr Pfarrer! Was ist mit den beiden Männern passiert, die auf dem Hof waren? Sie sind in der geschlossenen Anstalt, weil sie Tag und Nacht schreien! Und die Nachbarsöhne? Wer hat die erschlagen?" „Anna, hören Sie auf damit! Dem Schwager des Notars gehört das Nachbargrundstück und seine Söhne hatten angeblich versucht, die Grenzsteine zu ihren Gunsten zu versetzen". „Ja, das weiß ich auch. Dabei sollen sie erwischt worden sein. Aber von wem denn? Wenn doch der Hof leersteht! Vielleicht verschweigt die Polizei etwas." „Es langt, Anna! Hören Sie auf, Lügengeschichten zu verbreiten!" Wütend ging Anna aus dem Zimmer: „Und es stimmt doch, was ich gesagt habe!" Friedrich atmete tief durch und schaute seinen weiblichen Gast an: „Gut geschlafen, Frau Bülow?" Minna war immer noch irritiert von den Erzählungen, die so gar nicht in ihr bisheriges Weltbild passten und von denen sie noch nie etwas gehört hatte. Der Eindruck, den Anna mit dieser Geschichte bei ihr hinterlassen hatte, beschäftigte sie noch eine ganze Weile. „Augenblick!" sagte sie und stieg in die Kammer nach oben, um ihren Fotoapparat zu holen. Sie wollte sich den Mann noch einmal anschauen, den sie für ihren Großvater gehalten hatte und der bei der gestrigen Aufnahme aus dem Fenster sah . . . . doch ihre Kamera zeigte keine Bilder, der Speicher war leer. „Herr Pfarrer! Sie haben doch gestern auf dem Bild auch den Mann gesehen, oder?" Friedrich hatte Platz genommen und trank seinen Kaffee. „Ein Mann? Was für ein Mann?" Minna wurde es schlecht. Ihr Magen verkrampfte sich und kalter Schweiß trat auf ihre Stirn. Wie durch eine Nebelwand sah sie den Pfarrer, der zu lächeln schien. „Ist Ihnen nicht gut, Frau Bülow?" Ihr wurde schwarz vor Augen und dann trat Anna in die Stube: „Weg da", sagte sie. „Die Dame kann bei mir wohnen! Es schickt sich nicht, dass die junge Frau in Ihrem Haus ist, Herr Pfarrer. Denken Sie an das Gerede der Leute." Sie stützte Minna und geleitete sie nach draußen, wo ihr Jeep im Hof stand. „Setzen Sie sich schon einmal rein, ich bin gleich wieder zurück", sagte die Haushälterin: „ich hol nur noch Ihre Sachen!" Dann war sie wieder im Haus verschwunden.

Minna atmete flach. Es war ihr, als würde eine steinerne Faust auf ihrer Brust lasten. Plötzlich hörte sie einen dumpfen Schrei und Anna stürzte aus dem Giebelfenster direkt neben den Wagen. Ihre leblosen Augen starrten in den Himmel. Oben am Fenster erschien kurz der Pfarrer, sah erschrocken in den Hof und schien dann die Treppe herunter zu stürmen. Panik und Angst erfasste Minna, die nur noch von hier weg wollte. Der Zündschlüssel steckte und sie rutschte auf den Fahrersitz, startete den Wagen und fuhr mit durchdrehenden Reifen vom Hof. Im Rückspiegel sah sie den Pfarrer, der wütend hinter ihr herrief, bis ihn die Staubwolke verschluckte, die sie hinter sich aufwirbelte. Sie fuhr zurück in die Kreisstadt, wo sie bei der Stadtverwaltung den Lageplan und von dem alten Notar ihre Erbunterlagen erhalten hatte. Hier in der größeren Stadt suchte sie sich ein Hotel und ließ sich eine halbe Stunde später erschöpft aufs Bett fallen. Sie hätte sofort zur Polizei gehen und den Unfall mit der Haushälterin melden müssen, aber sie war zu schwach dazu. Sie konnte die Ereignisse der vergangenen Stunden nicht einordnen. Das alles ergab für sie keinen Sinn. Zuerst musste sie jetzt an sich denken und ihre Kreislaufschwäche in den Griff bekommen. Sie nahm mit einem Schluck Wasser ein Aspirin und legte sich wieder aufs Bett, denn alles um sie herum begann sich zu drehen. Ihr wurde schwindelig, als säße sie in einem Kettenkarussell. Dann, eine geraume Weile später, fühlte sie sich wesentlich besser. Ihr Kreislauf stabilisierte sich wieder, aber eine matte Müdigkeit ergriff Besitz von ihr. Genauso plötzlich, wie ihr schlecht geworden war, ließ der pochende Kopfschmerz nach und traumlos dämmerte sie endlich dahin.

Der nächste Tag (In der Realität angekommen)

Der schrille Ton des Telefons weckte sie. Obwohl sie gemeint hatte, erst ein paar Minuten gelegen zu haben, war es schon taghell. Das konnte sie trotz der dichten Vorhänge sehen, denn seitlich neben den großen Fenstern schickte die Sonne einen dünngebündelten Strahl quer durchs Zimmer. Sie schaute sich verschlafen um und griff zum Hörer: „Ja, bitte?" Am anderen Ende der Leitung war die freundliche Stimme einer Hotelangestellten: „Frau Bülow, Sie wollten geweckt werden. Soll ich ihr Frühstück aufs Zimmer bringen lassen?" Minna war verwirrt. „Wie spät ist es?" „Neun Uhr, gnädige Frau. Sie wollten heute Morgen mit Herrn Berg zu ihrem Grundstück fahren, soll ich jetzt das Frühstück bringen?" Früher Morgen? Zum Grundstück? Wie konnte das sein? „Nein, ich komme runter, vielen Dank!" Minna setzte sich aufrecht. Sie trug ihr Nachthemd und der kleine, grüne Koffer, den sie doch bei ihrer gestrigen Flucht im Pfarrhaus vergessen hatte, stand seltsamerweise neben dem Bett. Im Bad tauchte sie als erstes ihr Gesicht in das erfrischend kalte Wasser, das sie ins Waschbecken hatte laufen lassen. Dann schaute sie in den Spiegel und erschrak. Sie sah grässlich aus und fühlte sich auch so. Eine halbe Stunde später betrat sie den Frühstücksraum. „Frau Bülow, hier ist Ihr Tisch. Sie wollten doch am Fenster sitzen. Kaffee oder Tee?" Die freundliche Bedienung deutete auf den Stuhl. Minna wusste nicht, was sie hier sollte, denn sie hatte noch keinen Appetit. „Einen Cappuccino, bitte!" Mit einem bestätigendem Nicken ging das Mädchen, um das heiße Getränk zu holen. Minna stand auf und ging zurück zur Rezeption.

„Frau Bülow? Stimmt etwas nicht?" Sie wusste nicht, wie sie es erklären oder formulieren sollte: „Ich bin doch eben mit meinem Jeep hierhergekommen. Ich war im Dorf und da ist etwas Fürchterlichen passiert." Am erstaunten Gesicht der Empfangsdame erkannte sie, dass man ihr keinen Glauben schenkte. „Wie meinen? Ich verstehe nicht. Sie sind gestern Abend mit dem Geländewagen hier angekommen, das stimmt. Aber der Wagen steht seitdem bewacht in unserer Garage. Sie haben die ganze Nacht geschlafen und wurden heute Morgen von mir geweckt. Haben Sie schlecht geträumt? Sie waren nicht außer Haus, gnädige Frau. Wirklich nicht. Es wäre mir aufgefallen." Minna nickte, bedankte sich und ging irritiert wieder zurück in den Speisesaal. „Darf ich jetzt den Cappuccino bringen?" Minna nickte. „Und ein hiesiges Telefonbuch, bitte!" Als sie das heiße Getränk zu sich nahm, blätterte sie konzentriert in dem Telefonregister des angrenzenden Dorfes. Da war weder ein Pfarramt, noch eine Kneipe. Sie klappte das Buch zu. „Was für ein blöder Traum!" Sie stand auf, nahm einen Teller und ging zum Büffet, denn nun verspürte sie doch Hunger. Als sie nach den gekochten Eiern griff, sah sie den Pfarrer, der ebenfalls hier zu frühstücken schien. „Herr Pfarrer, Sie hier?" Der Mann drehte sich zu ihr um. Hatte sie sich getäuscht? Er war deutlich jünger als Friedrich und hatte keinen Bauch. „Kennen wir uns?" Er schaute sie an und schien zu grübeln. „Keiner der Gäste hier weiß, wer ich bin, anscheinend außer Ihnen." Er wirkte viel jünger als gestern. „Aber ich . . . wir . . . wo ist Anna?" „Anna? Welche Anna? Ich bin nicht verheiratet. Sollten wir uns nicht besser hinsetzen? Die Leute werden schon aufmerksam." Und wirklich waren

17

sie umringt von Gästen, die näher kamen und die beiden neugierig anschauten. Minna ging zu ihrem Tisch und „Friedrich" folgte ihr. „Ich frühstücke mit der Dame", sagte er im Vorbeigehen zu der Bedienung, die sofort ein zweites Gedeck auflegen ließ. „Also", eröffnete der junge Mann das Gespräch: „Sie kennen mich? Woher?" „Nun", erwiderte Minna, „Sie sind doch der hiesige Pfarrer und wohnen in dem kleinen Dorf, am Rande der Stadt, oder irre ich mich?" Der Mann lächelte: „Sie müssen mich mit meinem Großvater verwechseln, der hat früher hier in der Nähe gewohnt. Ich bin gerade erst hier angekommen. Übrigens gestern, kurz nach Ihnen. Sie standen noch am Empfang, als ich hereinkam. Und ich heiße auch nicht Friedrich, wie mein Großvater. Mein Name ist Jan. Jan Pfleger. Und ob ich die Stelle bekomme, steht noch in den Sternen. Und Sie? Was führt Sie in dieses abgelegene Kaff?" Minna bestrich ihr Croissant mit weicher Butter und Marmelade und biss mit geschlossenen Augen ein Stück ab. „Geschäfte", sagte sie knapp. Sie war jetzt vorsichtig geworden, denn sie wusste immer noch nicht, ob die letzten Erlebnisse real waren oder ob sie immer noch träumte. „Soso, Geschäfte. So eine hübsche, junge Frau macht hier in der öden Pampa also Geschäfte!" Minna war über seine direkte Art verärgert und brachte ihn zur Räson: „Ich verbiete mir solche Zweifel und Vertraulichkeiten. Wenn ich es so sage, dann haben Sie das nicht anzuzweifeln!" Ihr Gegenüber lächelte, als wäre nichts Besonderes geschehen und erinnerte sie: „Wer hat wen angesprochen? Ich Sie oder andersrum? Wenn Sie lieber alleine frühstücken wollen, bitte!" Er nahm seine Serviette und stand auf. „Setzen Sie sich wieder hin. Es war nicht böse gemeint!" Minna schaute den dreisten, jungen Mann an. Sie schätzte ihn auf fünf bis sechs Jahre jünger als sie selbst: „Sie und Pfarrer. Kann ich mir überhaupt nicht vorstellen." Jan stutzte: „Von Pfarrer haben Sie gesprochen, nicht ich. Nur weil mein Opa diese Berufung angenommen hatte, gilt dasselbe noch lange nicht für mich. Nein, ich bin nicht so fromm, ich bin bei der Kriminalpolizei." Dann flüsterte er: „Hier wird eine Planstelle frei. Ich will mich umschauen, ob ich die Einsamkeit überhaupt ertragen kann." Das alles ergab für Minna keinen Sinn. Wieso hatte sie so seltsame Tagträume? Was war Wirklichkeit, was nur Illusion? „Frau Bülow? Entschuldigen Sie, aber Herr Berg wartet im Foyer!" Minna tupfte die Speisereste ab, legte die Serviette ab und stand auf: „Sie entschuldigen mich!" Jan stand ebenfalls auf: „Bülow? War das ein Witz?" Minna musste über die tollpatschige Art des jungen Mannes lächeln: „Sehe ich aus, als würde ich Späße machen?" Sie nickte ihm vergnügt zu und ging ins Foyer, wo der Mann auf sie wartete. Sie hatte sich schon beim ersten Zusammentreffen mit ihm gewundert, warum dieser alte Herr überhaupt noch als Notar arbeitete. Sie wusste nicht, warum der „Senior" ihre Angelegenheit unbedingt alleine regeln und abwickeln wollte, obwohl nach Aussage der Anwaltskammer sein Sohn schon vor Jahren alle Geschäfte seines Vaters übernommen hatte. Der Alte hätte glatt ihr Großvater sein können. „Wenn Sie sich einen Augenblick setzen würden, gnädige Frau. Es gibt da ein kleines Problem." Minna nahm Platz und schaute den Notar erwartungsvoll an: „Ein Problem? Womit Herr Berg? Mit dem Erbe?" „Nein, wo denken Sie hin? Da ist alles geregelt. Die gesamten Ländereien sind rechtmäßig auf Ihren Namen umgeschrieben worden. Nein, es ist nur wegen der Nachbarn . . . . ." Minna blätterte in den Unterlagen: „Ja, weiter? Was ist mit den Nachbarn?" „Nun, sie haben die letzten Jahre die Felder bewirtschaftet und wollen nicht einsehen, dass das jetzt vorbei sein soll." Minna schaute auf: „Aber wieso? Man hat mir doch versichert, dass kein Pachtvertrag mit irgendwelchen Leuten abgeschlossen wurde. Wieso bestellen die Bauern fremdes Land?" Heinrich Berg tupfte sich diskret mit dem Taschentuch die Schweißperlen von der Stirn. „Nun ja, sie behaupten, dass Herr Bülow ihnen das Land überlassen hatte, bevor er . . . . . nun, Sie wissen schon." Minna klappte die Akten zu: „Nein, ich weiß nicht! Ich weiß auch nicht, ob das der richtige Platz für solche Gespräche ist. Wieso fahren wir nicht in ihr Büro und Sie erklären mir die veränderte Rechtslage, die vor wenigen Tagen noch so eindeutig schien?" Jan war mit dem Frühstück fertig und kam gerade ins Foyer, wo er die halblaute Unterredung ungewollt aus der Entfernung mitbekam. „Ich versichere Ihnen, das Recht ist auf Ihrer Seite. Die Unsicherheiten bezüglich der Grenzen sind beigelegt. Mit den Morden haben wir nichts zu tun, es ist nur, wie soll ich es sagen? Es ist etwas unangenehm mit den angrenzenden Bauern. Wollen Sie nicht unter diesen Umständen besser doch das Land verkaufen?" Minna betrachtete die Urkunden und beglaubigten Pläne, stand auf und sagte entschlossen: „Ich befürchte, Sie sind Ihrer Aufgabe nicht gewachsen. Ich werde mir einen anderen Berater nehmen. Und jetzt entschuldigen Sie mich!" Sie stand auf und ging an Jan vorbei entrüstet zurück in den Speisesaal. Sie wollte ihre Wut und Unzufriedenheit nicht so deutlich zeigen, nicht zu dieser Zeit und nicht hier.

Grausame Erkenntnis

Wieder hatte es sie die Dorfstraße hinuntergezogen. Sie stieg aus und stand am Tor, das zu beiden Seiten die hohen Mauern trennte. Das war`s! Ihr Grundstück! Ihr Erbe! Die Gebäude sahen viel besser aus, als in ihrem Traum. Alles schien gut erhalten. Ein bisschen Farbe wäre angebracht, jedoch war da keine Spur von verfallenen Häusern oder vom Rost am Eisentor. Sie öffnete die Flügel des Tores, stieg wieder ein und fuhr mutig in den Innenhof. Sie blieb einen Augenblick sitzen und atmete tief durch, dann stieg sie aus und ging auf die Villa zu. Der Schlüssel, den sie vom Notar bekommen hatte, passte jedoch nicht in das moderne, neue Schloss. Sie zog an dem Lederband der Türglocke, die ein lang anhaltendes Schellen abgab. Nichts tat sich, das prächtige Haus schien im Augenblick unbewohnt. Vom Verwalter, den der Notar erwähnt hatte, gab es keine Spur. Sie ging zwei Schritte zurück und suchte nach einer Hausnummer oder irgendeinem Hinweis als Bestätigung, damit sie nicht schon wieder einem Irrtum unterlag, denn jetzt begann sie zu zweifeln, ob es der richtige Hof, ihr geerbtes Anwesen war. Sie hätte doch den alten „Berg" mit hierher nehmen sollen, aber seine dreiste Art und sein Vorschlag das geerbte Grundstück, samt Gebäuden wieder zu verkaufen, hatte sie wütend gemacht. Mit vorsichtigen Schritten ging sie seitlich neben dem Haus zu den dahinter liegenden Gebäuden. Wie ein Atrium war hier ein zweiter Innenhof, Stallungen und weitere Wohnhäuser fügten sich zu einem „U", dass mittig ein großes Tor nach hinten, zu den Feldern hatte. Auch hier ließ sich keine Menschenseele blicken. Zurück zum

Haupthaus, ließ sie den Wagen im Hof stehen, denn das Anwesen schien tatsächlich verlassen, zumindest machte es auf sie den Anschein. Sie ging zurück zur Straße und endlich wurde sie an der Begrenzungsmauer fündig. Unterhalb der Steine lag, halbvermodert das große Holzschild mit den tief eingelassenen Buchstaben, von denen ihre Oma immer so stolz erzählt hatte. Es maß gute anderthalb Meter und war einen halben Meter hoch. Sie bückte sich und kratze mit einem Stock den anhaftenden Dreck und das Gras ab, um es besser lesen zu können. Endlich, da stand es: „Gestüt Bülow" und darunter, mit etwas kleineren Buchstaben: „Groß-Gabunz, Landsitz". Sie war am Ziel. Überwältigt von ihren Gefühlen ließ sie den Tränen freien Lauf. Langsam ging sie zum Haupthaus zurück, das Schild unter dem rechten Arm, mit der Linken die Tränen abwischend. Sie öffnete den Kofferraum, klappte den Beifahrersitz nach vorne und schob ihre Trophäe hinein. Dumpf ließ sie die Heckklappe wieder fallen und drückte auf ihren gummierten Zündschlüssen. Das dreimalige Aufblicken bestätigte, dass der Wagen wieder verschlossen war. Ratlos setzte sie sich auf die Steinstufen. Sollte sie doch noch einmal den Notar anrufen? Zumindest musste er doch wissen, warum der Schlüssel nicht passte. Sie musste zurück zur Strasse gehen, um einen schwachen Empfang für ihr Handy zu haben. Nachdem es drei Mal geklingelt hatte, sie wollte schon auflegen, meldete sich die Sekretärin der Kanzlei. „Sommer, Notariat Dr. Berg. Was kann ich für Sie tun?" Schnell hatte sie ihr Anliegen geschildert und erfuhr von der freundlichen Frau, dass der eingesetzte Verwalter, der noch vor kurzem das Gut im Auftrag der Erbengemeinschaft vorbereitete, das marode Schloss austauschen ließ und die neuen Schlüssel dem Vater des Notars geben musste. Natürlich könnte sie sofort zu ihr rauskommen und alle restlichen Unterlagen übergeben. Die Schlüssel lagen im Safe, die Kombination war ihr bekannt. Minna war enttäuscht über die Nachlässigkeit des alten Advokaten und doch erleichtert, dass es nun langsam voran ging. „Sie haben eine halbe Stunde Zeit! Länger warte ich nicht, denn es war ihre Schuld. Dreißig Minuten!" Sie legte auf und entschloss sich, im Auto zu warten. Nach zwanzig Minuten fuhr ein Sportwagen in die Einfahrt. Die Sekretärin sprang heraus und hielt ihr einen hellbraunen Umschlag entgegen: „Ich bin untröstlich, Frau Bülow, aber Herr Berg verhält sich in dieser Angelegenheit doch etwas, ...wie soll ich das ausdrücken? Also das ist nicht der Normalfall, sollten Sie wissen!" Minna wurde stutzig. „Was wollen Sie mir damit sagen? Sollte ich doch verkaufen?" Die junge Frau erschrak: „Gnädige Frau!" sagte sie entrüstet. „Wo denken Sie hin? Es gibt etliche Einwohner, die froh sind, dass der Hof wieder bewohnt wird. Wie kommen Sie auf eine so absurde Idee?" Minna schüttete den Inhalt des Umschlags in ihre Hand und ging zurück zu der Notargehilfin: „Sie wissen anscheinend nichts davon!" Sie schaute ihr offen ins Gesicht, um eine Regung, ein Zucken oder eine verräterische Mimik zu erkennen, als sie die Katze aus dem Sack ließ: „Ihr Chef hat mir dringend ans Herz gelegt, dass ich es mir nicht noch mehr mit den Nachbarn verderben und ernsthaft über einen Verkauf nachdenken sollte. Und das, bevor ich das alles . . ." sie machte eine ausladende Bewegung mit dem Arm und musste ihre Tränen unterdrücken: „Bevor ich es überhaupt gesehen hatte!" Die Angestellte schien

23

tatsächlich nichts davon geahnt zu haben, denn sie war tief betroffen. „Ich habe so Etwas immer geahnt!" murmelte sie nur. Minna hakte sofort ein: „Was haben Sie geahnt? Stimmt etwas nicht?" Die Angesprochene sah sich nach allen Seiten um. Sie machte den Eindruck, als hätte sie Angst: „Von mir haben Sie das nicht, schwören Sie . . . . . ." Minna nickte nur und schaute sie erwartungsvoll an: „Was wissen Sie?" Leise flüsterte die Frau: „Ich bin mir nicht sicher, aber seitdem fest stand, dass Sie das Erbe selber antreten würden, hat wohl der Senior davon erfahren und es gab einen riesigen Streit mit dem Sohn darüber. Der alte Berg war ab da sehr verändert. Er ist aggressiv geworden, fühlt sich gehetzt und wirkt stellenweise fahrig und sehr nervös. Er wollte unbedingt diese Erbangelegenheit ohne seinen Sohn regeln. Es muss mit dem Gut zu tun haben! Fahren Sie zur Bank. Die Unterlagen sind im Umschlag. Verlangen Sie Einsicht in die Konten ihres Großvaters, Einsicht in die Unterlagen des alten Bülow! Ich muss fahren und zurücksein, bevor der Alte wieder in der Kanzlei ist. Er darf nichts von dem Gespräch wissen!" Sie lief ohne ein weiteres Wort zum Auto und fuhr mit durchdrehenden Reifen vom Hof. Minna schüttelte den Kopf, nahm das gebrachte Schlüsselbund und ging die Stufen hoch. Ein Blick in den Umschlag zeigte ihr, dass sich ein Stapel mit Akten und Kontoauszügen darin befand. Sie verstaute die Sachen in ihre Umhängetasche und steckte den Schlüssel ins Schloss. Diesmal passte er und bald darauf stand sie in der riesigen Empfangshalle. Die weiteren Innentüren standen offen und die vielen Möbel waren mit weißen Tüchern bedeckt. Der Verwalter hatte seinen Job sehr gut gemacht, denn es kam ihr so vor, als würden die Räume noch bewohnt sein. Sie ging die Stufen der breiten Freitreppe hinauf und sah sich in den oberen Räumen bestätigt. Auch hier hätte man sofort einziehen können. Merkwürdig! Denn der Notar hatte sie die letzten Wochen immer wieder darauf hingewiesen, dass alles in sehr marodem Zustand wäre und eine kostspielige Renovierung dringend erforderlich sei. Hatte der Alte tatsächlich ein falsches Spiel mit ihr vorgehabt? Sie war fest entschlossen, der Sekretärin zu vertrauen und der Spur nachzugehen, die sie angedeutet hatte. Wollte der Notar sie schnell wieder loswerden? Aus welchem Grund? Fest entschlossen ging sie wieder die Treppe herunter, als sie ein leises Geräusch hörte, das aus den Kellerräumen zu kommen schien. Sie ging mutig zu der Eichentür, hinter der die Steintreppe in die unteren Räume führte. Der Strom war abgeschaltet und sie konnte nur in das dunkle Loch schauen. Sie drehte sich um und holte die Taschenlampe aus dem Kofferraum. Der Lichtkegel schnitt durch die Dunkelheit, als sie in den Keller hinabstieg, der einem Verlies glich: „Hallo? Ist da wer?" Sie bekam keine Antwort. Nur Schatten huschten über den Boden und flatterten lautlos an den Wänden vorbei. Spinnweben bedeckten die vielen Regale, in denen aufgequollene Einmachgläser verschimmelten. Dann hörte sie aus der Empfangshalle ein Geräusch. „Hallo? Sind Sie da?" Minna war sich sicher, die Stimme des jungen Kriminalbeamten erkannt zu haben und rief erleichtert. „Hier bin ich! Im Keller, ich komme, Moment." Sie ging die Stufen hoch und schaute in das helle Viereck der Tür am oberen Ende der Treppe, als eine dunkle Gestalt den Eingang versperrte. „Sie sind falsch hier, gnädige Frau! Das ist Hausfriedensbruch und muss geahndet werden." Zu spät erkannte sie ihren Irrtum: Es war der alte Notar, Friedrich Berg. „Sie werden doch dem dummen Geschwätz meiner Angestellten keinen Glauben schenken?" Minna stand wie angewurzelt auf halber Höhe zum Erdgeschoss. Woher wusste er das und wie kam der gebrechliche, alte Mann so schnell hierher? Wenn das nicht ihr Erbe sein sollte, wieso suchte er mich dann ausgerechnet in diesem „fremden Anwesen" hier? „Sie sind zu neugierig, Frau Bülow." Dumpf fiel die Tür zu und wurde mehrfach verriegelt. Tiefste Finsternis hüllte sie ein. „Übrigens", klang es leise durch die verschlossene Tür zu ihr herab. „Wir haben hier keinen Strom, und einen Empfang für ihr mobiles Telefon werden Sie da unten im Keller nicht haben! Denken Sie nicht zu viel nach. Fügen Sie sich Ihrem Schicksal! Bis nächsten Monat, dann werde ich wiederkommen und ihre . . . . wie soll ich sagen, ihre Reste entsorgen. Hoffen Sie nicht darauf, dass Frau Sommer Ihnen helfen könnte! Die Ärmste hatte einen tödlichen Verkehrsunfall. Traurig, stimmt`s? Es war nett, mit Ihnen Geschäfte zu machen, aber leider konnten Sie ihr Erbe ja nicht antreten!" Minna stand immer noch wie versteinert auf der Treppe. Dumpf fiel die Haustür ins Schloss. Weit entfernt und leise hörte sie Motorgeräusche im Hof. Sie konnte nicht ahnen, dass man ihren Geländewagen aufbrach und abschleppte. Das Dilemma war komplett. Würde sie ihr mobiles Telefon als Lichtquelle nutzen, so wäre der Akku noch schneller leer! Sie versuchte zur Bestätigung nur einen einzigen Anruf zum Hotel, aber die Leitung blieb tatsächlich, wie erwartet tot.

Verschwunden

„Warum wollen Sie das wissen?" Die Empfangsdame an der Rezeption des Hotels verweigerte Jan Pfleger die Auskunft über den weiblichen Gast. „Verstehen Sie doch, Frau Bülow wünscht absolute Diskretion." Der junge Mann versuchte es noch einmal. „Ich habe vorgestern an einem Tisch mit ihr gefrühstückt. Gestern hat sie das Hotel nicht mehr betreten und heute ist sie auch nicht erschienen. Ich will doch nur wissen, ab sie auf ihrem Zimmer ist. Ich muss ihr dringend etwas sagen." Die Frau wurde unsicher, denn natürlich hatte sie erfahren, dass der weibliche Hotelgast ohne ein Wort seit zwei Tagen verschwunden war. „Moment, bitte." Sagte sie und ging. „Ich hol meinen Chef." Sie nickte ihm freundlich zu und deutete auf die Sesselgruppe im Foyer, er sollte dort wohl Platz nehmen. Ein junger Mann mit Hoteluniform stellte sich hinter die Theke: „Soll ich Ihnen einen Kaffee bringen lassen?" Jan nickte und setzte sich in einen der schweren Ledersessel. Er hatte das dargebotene, heiße Getränk gerade ausgetrunken, als der Manager vor ihm stand: „Sie fragen nach Frau Bülow?" Jan stand auf: „Richtig, ist sie auf ihrem Zimmer? Ich habe ihr etwas mitzuteilen." „Ich bin zwar dazu nicht verpflichtet, aber da Sie auch Gast unseres Hotels sind, gebe ich Ihnen den Tipp, es bei ihrem Notar Dr. Martin Berg, Talstrasse 34 in Walde zu versuchen. Er rief gestern an und hinterließ bei uns die telefonische Mitteilung, dass Frau Bülow einige Formalitäten zu erledigen hätte und ihr Gast sei. Er wird Ihnen mehr sagen können. Sie entschuldigen mich jetzt?" Er nahm die leere Kaffeetasse, ging einen Schritt zurück und lächelte ihm unverbindlich zu. Jan war ratlos. Wieso hatte sie nicht mit ihm darüber beim Frühstück gesprochen? Sie war nach der kurzen Besprechung mit dem Notar wütend gewesen und hatte deshalb nicht mit ihm zusammen das Hotel verlassen. Seltsam! Sein kriminalistisches Interesse war geweckt. Der Ort schien doch nicht so uninteressant zu sein, wie vor ein paar Tagen von ihm gedacht. Er ging auf sein Zimmer und klappte sein Notebook auf. Die örtlichen Nachrichten würden ihm vielleicht helfen können. Schnell erfuhr er, dass es am gestrigen Tag einen Unfall auf der einsamen Landstraße in die kleine Ortschaft gegeben hatte, in der das Herrenhaus lag. Die junge Fahrerin war ihren Verletzungen erlegen. Der Name war nicht erwähnt. Das wird doch nicht Frau Bülow gewesen sein? Er ging zum Telefon und ließ sich mit der hiesigen Polizei verbinden. Kurze Zeit später hatte er die Gewissheit, dass es sich um die Sekretärin eines Notars gehandelt hatte. Jetzt ging bei ihm eine rote Lampe an, denn das war der gleiche Advokat, dessen Name ihm der Hotelangestellte gegeben hatte. Das sollte nur ein Zufall sein? Er war entschlossen, die Kanzlei aufzusuchen und dort nach ihr zu fragen. Vorher ging er noch einmal zur Rezeption und fragte nach, ob man den Notar gut kannte. „Notar Dr. Berg? Tut mir leid, aber der ist uns nur telefonisch bekannt." Jan war sich absolut sicher, dass der Angestellte wieder von seiner Verschwiegenheit anfangen wollte: „Jetzt flunkern Sie aber! Der war doch hier im Foyer mit ihr verabredet. Man hatte Sie doch vorgestern vom Frühstück weggeholt!" Der Angestellte schlug sich vor die Stirn: „Sie meinen den alten Herrn? Das war der Vater! Der praktiziert schon lange nicht mehr. Sein Sohn leitet die Kanzlei."

Das düstere Geheimnis.

In jener Gewitternacht, vor vielen Jahren, hatte der angehende Notar Heinrich Berg, ein enger Weggefährte und guter Freund der Bülows bei einer Feier auf dem Gut, seinem Gastgeber unter vier Augen vom drohenden Werteverfall seines Vermögens und einer besseren, todsicheren Neuanlage gesprochen. In Wirklichkeit stand dem Notar selber das Wasser bis zum Hals, denn er hatte schon einen erheblichen Teil des ihm anvertrauten Geldes durch seinen eigenen, unsoliden Lebenswandel veruntreut. Nun sah er nur noch diese eine Lösung. Er musste dem Gutsbesitzer auch noch die letzten Reserven abzuschwatzen, die sicher im Safe der Bank in Groß-Walde lagen. Bülow hatte sich nie so richtig mit den Geldgeschäften befasst, da er sich eher als Landwirt, denn als Großgrundbesitzer sah. Er wollte seine Angestellten schützen und in Arbeit und Brot gut versorgt wissen, denn auch er hatte eine eher ärmliche Jugend durchlebt. Sein gesamtes Vermögen in fremde Firmen zu stecken, widerstrebte ihm und er war nicht davon zu überzeugen. Bülow war gegen diese undurchsichtigen Geschäfte, die ihm der junge Advokat da heute vorgeschlagen hatte und musste deshalb beseitigt werden, bevor man bemerken würde, dass ein großer Teil der Gelder fehlte. „Wenn du so leichtfertige Geschäfte angehen willst, so wirst du mir umgehend meine dir anvertrauten Gelder zurückgeben. Ich pfeife auf die Tantiemen, die angeblich damit zu erzielen sind." Durch diese Androhung und unmissverständliche Äußerungen musste Heinrich Berg handeln. In dieser Nacht hatte er den Freund im Garten für immer verschwinden lassen.

Der Brunnen, der schon seit Jahren ausgetrocknet war und eine vermodernde Holzabdeckung hatte, wurde zu dessen Grab. Eine Woche später wandte er sich geschickt an Bülows Gattin, die über das plötzliche Verschwinden ihres geliebten Mannes völlig verzweifelt war. Diese Situation nutzte Heinrich geschickt für sich aus und ließ sich auch von der Ehefrau nun die erforderliche General-Vollmacht geben, um das Finanzielle auch weiterhin unter seiner Kontrolle zu behalten. Sie hatte großes Vertrauen in den Jugendfreund ihres Mannes, der seit langer Zeit alle Geschäfte für die Familie erledigt hatte. Sie konnte nicht ahnen, was er wirklich geplant hatte und wusste auch nichts von der Unterredung, die für ihren Mann Tage zuvor tödlich geendet hatte. Zehn Jahre später kam der Krieg und ließ diese Geschehnisse vergessen. Die übereilte Flucht und die Kriegswirren hatten eine Decke des Schweigens darüber gelegt. Zu dumm nur, dass sich die politischen Verhältnisse so gravierend geändert hatten und den ehemaligen Besitzern die alten Güter wieder zugesprochen wurden. Wenn der alte Notar Berg jetzt nicht handeln würde, so käme doch noch alles ans Tageslicht. Die nächtlichen Aktivitäten in der Villa wurden von der Bevölkerung als Geisterwerk angesehen. Das spielte ihm sehr in die Karten. Er installierte Lautsprecher und Lichtreflexe, die dieses Mysterium untermauerte. Niemand wagte es, das Grundstück zu betreten. Und doch schien eine unheimliche Kraft in dem alten Gemäuer zu wirken, denn wer auch immer sich an dem Besitz bereichern wollte, hatte einen unerklärlichen Unfall.

Im dunklen Verlies

Der Lastenaufzug aus dem Keller - direkt in die Küche! Das war die Lösung. Gleich versank sie jedoch wieder in ihren diffusen Gedanken, denn ihre Oma hatte zwar oft davon erzählt, sogar auch, wie man ihn bei Stromausfall mit einem außenliegenden Flaschenzug an der Kette ziehend langsam nach oben in Gang setzen konnte, nur leider wusste sie nicht, wo sie den Schacht dazu hätte suchen sollen . . .und dann noch im Dunklen. Als sie in ihrer unbequemen Sitzhaltung doch wider Erwarten einnickte, nahm sie zwei schwache Lichtstrahlen wahr. Nicht hell, nur gerade so, dass sie aufmerksam wurde. Sie zeigten parallel zueinander von der Mitte des finsteren Raumes auf eine Wand, daran gut einen Meter hoch und wurden dort verschluckt. War das ein Zeichen oder hatte sie schon Wahnvorstellungen. Die Strahlen verblassten ganz, um nach ein paar Minuten wieder die gleiche Stelle der Wand zu markieren. Sie musste dem nachgehen, bevor das schwache Zeichen wieder verschwunden war. Viel zu hastig sprang sie auf und stolperte. Vorsichtig, wie auf Schlittschuhen schob sie ihre Füße über den unebenen Boden. Holzbretter und zersplitterte Gläser schob sie mit den Füssen beiseite und stand bald vor der Wand, aus der nun ein schwaches Licht auf ihre Jeans fiel und bei jedem ihrer Schritte seitlich weg glitt. „Das Licht kommt aus der Wand!" dachte sie und lehnte ihren Kopf dagegen. Die hölzerne Vertäfelung der Wand war gerissen. War dahinter ein Fenster? Sie suchte verzweifelt nach einem Griff oder einem Hinweis, bis sie durch Zufall an eine Stange stieß, die quer am Boden angebracht war. Sie bückte sich und rüttelte daran, bis sich mit einem kräftigen Ruck die Klappe des Lastenaufzugs nach oben schieben ließ. Sie drehte sich um und hustete, denn sie hatte den Staub von Jahrzehnten unverhofft direkt ins Gesicht bekommen und schnäuzte in ihr Taschentuch. Danach schaute sie in das viereckige Loch, das nun von oben lichtdurchflutet vor ihr in der Wand war. Wenn das dieser Aufzug war, dann musste auch die Kette seitlich zu sehen sein. Wenn ihre Großmutter mit der Freundin da hineingepasst hatte, so würde sie mit angezogenen Beinen auch dort hinein kriechen können. Endlich fand sie auch die verrostete Kette. Es waren zwei Enden, die in einer Schlaufe von oben herab hingen. Die Glieder waren so rau, dass ihre Hände beim Versuch, daran zu ziehen sofort einrissen und bluteten. Sie achtete nicht auf den Schmerz und zog noch einmal heftig zuerst an der einen, dann an der anderen. Das Ding bewegte sich keinen Millimeter. Kein Wunder, erinnerte sie sich, der Aufzug wurde elektrisch betrieben. Hatte Oma nicht von einem Hebel gesprochen, mit dem man die Motorbremse auskuppeln konnte? Wie hatte sie das erklärt? Sie konnte sich nicht mehr daran erinnern und nahm ihr mobiles Telefon, um mit dem hellen Schein des Displays danach zu suchen. Und tatsächlich war neben der Klappe eine Schalttafel mit vergilbten Buchstaben. Sie zog den Ärmel ihrer Jacke über die Hand und rieb den Dreck ab, bis sie die Anweisungen lesen konnte. Jetzt fand sie auch den kleinen Hebel, mit dem sie den Aufzug auf „Handbetrieb" umstellen konnte. Das Licht in dem Schacht wurde derweil immer schwächer, denn die untergehende Sonne schickte nun ihre letzten Strahlen durch das große Fenster der darüber liegenden Küche.

Sie klinkte den Motor aus, der sowieso keinen Strom bekam und hatte schnell heraus, an welchem Ende der Kette sie ziehen musste, um den Aufzug nach oben zu ziehen. Sie wollte ihn einmal leer bewegen, um zu sehen, ob er noch funktionstüchtig war. Als er sich endlich in Bewegung setzte, schlug mit einem lauten Knall die Klappe wieder zu und erschrocken ließ sie die Kette los. Mit dem Ärmel wischte sie sich durchs Gesicht, schob das Brett wieder nach oben und ließ den Drahtkorb wieder herunter. Anscheinend gab es einen Hebel oder Mechanismus, der beim Hochfahren des Korbes automatisch die Klappe wieder entriegelte. Da der Einstieg nun in Hüfthöhe offen war, konnte sie hereinklettern und im Inneren an der Kette ziehen, um sich selber nach oben zu hieven. Am besten gelang das, indem sie sich mit angezogenen Beinen auf den Rücken legte. So hatte sie beide Hände frei, um an der störrischen Kette zu ziehen. Der Korb quietschte und pendelte leicht, aber sie kam Zentimeter für Zentimeter nach oben. Im Dämmerlicht des Sonnenuntergangs kroch sie nach einer geschätzten Ewigkeit aus der oberen Klappe und ließ sich erschöpft auf den Boden gleiten. Sie legte sich auf die Seite und schlief augenblicklich vor Erschöpfung ein. Das Geräusch eines Autos weckte sie, es war heller Tag. Stimmen wurden laut und Schritte hallten durch das Haus. „Du wirst hier aufpassen, damit sie nicht aus dem Keller verschwinden kann. Wir werden sagen, dass sie sich selber eingesperrt haben muss und dann verhungert ist. Stell die Liege in der Halle auf. Ich werde dafür sorgen, dass man sie hier nicht sucht. Ich habe im Hotel gesagt, dass sie mein Gast war und danach mit dem Wagen wieder in ihre alte Heimat gefahren ist, um noch

einige Sachen zu holen. Keiner wird sie hier vermuten."
Minna saß versteinert in der angrenzenden Küche. Ihr
war klar, dass sie nicht ewig hier sitzen konnte.
Irgendwann müsste sie etwas essen und trinken, ggf. auch
zur Toilette. Das war nun alles unmöglich geworden. „Ich
fahre wieder, du weißt Bescheid!" Klang eine männliche
Stimme. Wieder hörte sie Schritte und dann rief der
Begleiter dem Notar zu: „Herr Berg? Haben Sie nicht
etwas vergessen?" Der Alte antwortete sofort: „Hab dich
nicht so! Das Geld bekommst du, wenn die Arbeit
erledigt ist!" Eine kurze Pause entstand, dann sagte der
Mann ruhig und besonnen: „Ich will das Doppelte, und
zwar sofort! Von Mord war nie die Rede!" Minna schlich
zur Tür, die sich ohne ein Geräusch einen kleinen Spalt
öffnen ließ. Die beiden Männer waren zu sehr mit sich
selbst beschäftigt und hatten nicht die geringste Ahnung,
dass Minna auf ihrer Etage war. Das darauf folgende
Handgemenge zeigte ihr, dass der angeheuerte Bewacher
mit seinem Job nicht einverstanden war. Er hatte den
Alten niedergeschlagen und durchsuchte seine Taschen.
Gerade hatte sich der Jüngere abgewandt, als der alte
Notar hochkam und mit einer Eisenstange auf ihn
einschlug. Minna war in höchster Gefahr und wollte
gerade die Tür schließen, als ihr Handy klingelte.
Erschrocken schaute der Alte in ihre Richtung, erkannte
seine Lage und sprang mit wenigen Schritten auf sie zu.
Minna zog die Tür ins Schloss und hielt die Klinke fest
nach oben gedrückt. Draußen hörte sie ein kurzes
Poltern, dann ein dumpfer Schlag. -Ruhe-. Gespenstige
Ruhe, denn sie vermutete eine Falle. Sie öffnete ein
Fenster der ebenerdigen Küche und sprang in den Garten.
Im Laufen kramte sie ihren Autoschlüssel hervor und

rannte nach vorn. Wo war ihr Geländewagen? Hier stand nur der alte Ford des hinterlistigen Alten, der jeden Augenblick aus der Eingangstür kommen konnte. Sie rannte zur Straße und schaute die leere Allee hinauf. In beiden Richtungen war keine Menschenseele zu sehen. Sie entschloss sich loszulaufen, um diesem Spuk ein Ende zu bereiten. Zwei Autos kamen ihr entgegen, die sie versuchte, anzuhalten. Beide Fahrzeuge gaben Gas und rasten davon, als wäre ihnen der Teufel begegnet. Minna störte das wenig, sie lief wie eine Maschine weiter und erreichte bald die Stelle, an der sie die alte Kirche vermutet und im Traum in der angrenzenden Kapelle übernachtet hatte. Beim Näherkommen sah sie wie zur Bestätigung, dass auch dieses kleine Gotteshaus alt, unbewohnt und verfallen war. Nur der Bach plättscherte vor sich hin. Minna kniete sich und tauchte beide Arme in das kühlende Nass. Sie wusch sich mit den Händen den Dreck aus dem Gesicht und verstand nun auch die Autofahrer, die ohne anzuhalten an ihr vorbeigefahren waren. Sie musste wie eine verstaubte Hexe ausgesehen haben. Mit den Händen formte sie eine Schüssel und trank das klare Quellwasser. Danach klappte sie ihr mobiles Telefon auf und versuchte, das Hotel zu erreichen. Das kleine Symbol für den Akku blinkte zwar und sie konnte die Rezeption noch erreichen und ihren Standort nennen, bevor das elektronische Gerät den Geist aufgab. Hoffentlich würden sie ihr ein Taxi hierher schicken, denn bevor sie diesen Wunsch äußern konnte, war die Leitung tot. Sie ging zurück zur Straße und setzte sich hinter das Holzkreuz. Sie wollte die Straße überblicken können, ohne direkt selber gesehen zu werden, denn sie hatte immer noch Angst, dass der alte

Notar zurückkommen könnte, um sie zu suchen. Nach einer halben Stunde näherte sich langsam ein Auto, hielt an und Jan Pfleger, der Enkel des Pfarrers stieg aus: „Hallo? Frau Bülow? Sind Sie hier?" Erleichtert kam sie hervor und ging auf den jungen Mann zu, der entsetzt zurückwich. Als er sich vom ersten Schrecken erholt hatte, kam er langsam auf sie zu: „Sind Sie das? Mein Gott, wie sehen Sie denn aus? Waren Sie die drei Tage hier in der verlassenen Kapelle?" Minna antwortete nicht darauf. Sie sagte nur: „Vielen Dank! Ich bin auch froh, Sie zu sehen! Was ist das denn für eine Begrüßung? Unter anderen Umständen würde ich Ihnen die kalte Schulter zeigen!" Jan grinste: „Ja, unter anderen Umständen! Aber jetzt sind Sie doch froh, mich zu sehen, sagten Sie doch eben! Steigen Sie schon ein, die hiesige Polizei hat eine Fahndung nach Ihnen herausgegeben, nachdem Sie vom Treffen mit dem Notar nicht ins Hotel zurückgekommen sind!" Minna verstand nicht, was der Kriminalbeamte da gesagt hatte, sie schaute ihn nur kurz an: „Haben Sie eine Schusswaffe bei sich?" Jan verneinte: „Wieso, wollen Sie mich überfallen?" Minna ignorierte seine Antwort. „Der Notar trachtet mir nach dem Leben, aber das ist eine lange Geschichte. Fahren Sie in die Villa. Da liegt ein Toter. Fahren Sie schnell!" Jan überlegte nicht lange, denn er sah an ihrem Gesichtsausdruck, dass es ihr bitterer Ernst war. Er fuhr los und ein paar Minuten später bogen sie in den Innenhof des Anwesens. „Sie bleiben dicht hinter mir!" sagte Jan und ging zum Kofferraum. Er kramte einen Augenblick darin, um dann eine Pistole in der Hand zu haben. Zur Kontrolle zog er den Verschluss zurück und lud damit eine Patrone in den Lauf. Mit entsicherter

Waffe im Anschlag ging er die Steinstufen hinauf, dicht gefolgt von Minna. Sie hielt ihm unaufgefordert den Hausschlüssel hin und dann standen sie in der leeren Empfangshalle. Sie zeigte auf die Holzvertäfelung, hinter der sich die Treppe in den Keller befand: „Hier unten war ich eingesperrt!" flüsterte sie. Jan ließ sich nicht ablenken: „Später!" sagte er. „Wo ist der Notar, sagten Sie?" Minna erschrak und schaute unsicher auf den Boden: Keine Leiche, kein Blut. Sie ignorierte ihren Beschützer und ging in die Küche. Die Klappe des Aufzugs war verschlossen. Sie drehte sich zu ihm um: „Verstehe ich nicht. Der Notar hat hier einen Mann erschlagen, der Geld von ihm verlangt hatte!" Sie ging an ihm vorbei und öffnete die unverschlossene Kellertür. „Haben Sie eine Taschenlampe?" Jan nickte: „Ja, draußen im Wagen!" Sie gingen zurück und erschraken beide, denn der Wagen war weg. „Sehen Sie? Alle im Ort haben gesagt, dass es hier spukt!" Jan schüttelte den Kopf: „Alles hat eine natürliche Erklärung, glauben Sie mir!" Minna schaute zurück zum Haus und sah ihren Opa, der hinter einem der oberen Fenster stand: „Da, oben! Sehen Sie?" sagte sie aufgeregt und der junge Mann schaute sie nur an und schüttelte den Kopf. Nachdem er mehrfach zum Fenster geschaut hatte, fragte er seine Begleitung. „Übermüdet? Da ist nichts!" Minna sah das Gesicht ihres Großvaters, der ihr gütig zulächelte. War sie verrückt geworden? Wieso sah Jan den Mann nicht?

Ihr geerbtes Quartier

Um ihre Aussage zu machen, wurde sie von Jan zur hiesigen Polizeistation begleitet. Erschrocken stellte sie fest, dass der alte Notar ebenfalls auf dem Revier war. Er sprang auf und kam ihr ein paar Schritte entgegen, als sie das Büro betrat und tat sehr fürsorglich: „Was hab ich da von Ihnen gehört, gnädige Frau? Sie haben sich im Kellergewölbe Ihrer Villa verirrt?" Minna blieb stehen und schaute Jan an. Sie hatte ihrem Begleiter gestern ausführlich alles erzählt und war nicht erstaunt, dass sich der Alte aus Selbstschutz so verhielt. „Bleiben Sie hier sitzen! Herr Berg!" Bevor sie antworten konnte, wurde sie in ein Nebenzimmer gebeten, wo Jan und sie auf harten, unbequemen Stühlen Platz nahmen: „Das sind sehr schwere Vorwürfe, die Sie da gegen den Herrn Notar behaupten, Frau Bülow! Bleiben Sie bei Ihrer Aussage?" fragte der Polizist, als der nach ein paar Minuten ihre Geschichte zu Papier gebracht hatte. Minna schaute den Beamten zweifelnd an: „Aber Sie wissen schon, dass Sie drei Tage nach mir suchen ließen?" Mit einem Lächeln stand der Beamte auf und holte sich eine Tasse Kaffee aus dem Automaten, ohne sie ebenfalls nach einem Getränk zu fragen. Er kam zum Schreibtisch zurück und schlug einen Ordner auf: „Gut, also wir haben in der Villa keine Spuren gefunden, die Ihre Aussagen bestätigen könnten. Im Gebäude gibt es Strom, im Keller brennt Licht, der von Ihnen beschriebene Aufzug ist defekt, ein Verbrechen liegt nicht vor . . . . ich weiß nicht, was ich dazu sagen soll?" Minna stand auf und ging zu der Glasscheibe, die sie von dem Notar im Nebenzimmer trennte. Lachend saßen Beamten mit ihm zusammen und schauten sie durch die Scheibe an. Ihr wurde klar, dass sie die Sache anders angehen musste. Hier wurde ein Komplott gegen sie geschmiedet. Wem sollte sie noch trauen? War Jan wirklich auf ihrer Seite? Sollte er tatsächlich auch von der Polizei sein, so könnte er sich doch jetzt endlich auch äußern! Er saß immer noch ruhig auf seinem Stuhl und kritzelte ungestört in seinem Notizbuch. Sie musste hier raus und selber herausfinden, was geschehen war: „Ich ziehe meine Behauptungen zurück!" sagte sie. Jan hörte auf zu schreiben und sah sie an. Bevor er etwas sagen konnte, fuhr sie fort: „Sollte Herr Berg Unannehmlichkeiten durch mich gehabt haben, so bitte ich ihn um Verzeihung. Ich bin fahrig und unkonzentriert. Guten Tag!" Sie stand auf und ging durch den Flur, bevor die Beamten reagieren konnten. Draußen nahm sie ein Taxi, das auf der gegenüberliegenden Seite der Straße gestanden hatte. Sie schaute zurück und sah gerade noch, wie Jan aus dem Gebäude gelaufen kam und mit seinen Händen in der Luft ruderte. „Fahren Sie!" sagte sie zu dem Fahrer, der ratlos in den Rückspiegel schaute. Eine halbe Stunde später hatte sie ihre Koffer gepackt, die Hotelrechnung beglichen und sich zu einer Autovermietung in der benachbarten Stadt bringen lassen. Sie mietete hier einen unauffälligen Kleinwagen und fuhr zum Notariat, um auf die Rückkehr des alten Notars zu warten. Als ihr mobiles Telefon klingelte, drückte sie den Anrufer weg, bevor sie gelesen hatte, wer sie sprechen wollte. Sie war frustriert und wollte Beweise sammeln und dann die Polizei damit konfrontieren, um diese sturen Beamten zu blamieren. Als sie zu dem Geschäftshaus des Notars herüberschaute, öffnete sich gerade das Tor der Tiefgarage und ein Angestellter fuhr mit seinem Wagen auf die Straße. Während sich das Tor automatisch wieder verschloss, sah sie gerade noch ihren eigenen Geländewagen, der dort unten geparkt war. Sie hatte das alles also doch erlebt! Jetzt galt es nur noch, herauszufinden, warum man ihr keinen Glauben schenkte. Sie traute niemandem mehr und fuhr los. Nach einer Stunde bog sie von der kleinen Dorfstraße ab und befuhr den Kiesweg vor dem Gutshof, am Haupthaus vorbei in den dahinter liegenden Innenhof. Die große Scheune war unverschlossen und leer. Hier parkte sie den Wagen, nahm ein paar Decken aus dem Kofferraum und ging zur Hintertür. Sie fand schnell den passenden Schlüssel und ging hinein. Zu ihrem Erstaunen war doch kein Strom im Haus, denn weder das Licht, noch das Ladegerät ihres Mobiltelefons, das sie daraufhin in einer Steckdose hatte, funktionierten. Der Beamte auf dem Revier hatte gelogen. Vielleicht waren doch Spuren vorhanden und es war kein Polizist hiergewesen und hatte danach gesucht. Vorsichtig leuchtete sie mit der Taschenlampe in den Keller. Nichts deutete darauf hin, dass sie hier zwei Tage und Nächte verbracht hatte. Selbst die Klappe des Aufzugs war nicht mehr zu öffnen. Als sie ihre beiden Koffer holen wollte, saß plötzlich ein Hund neben ihr. Sie wich erschrocken zurück. Wo kam der denn her? Wem gehörte der? Vertraulich näherte sich der Vierbeiner und ließ sich genussvoll streicheln. Sie nahm die Koffer, schloss das Auto ab und ging zurück in die leerstehende Villa. Der Mischling folgte ihr, wie selbstverständlich in die oberen Räume. In einem hellen, freundlichen Zimmer fand sie ein altes Ledersofa, schob es hinter die Tür und beschloss, hier zu schlafen. Sie schaute aus einem der beiden hohen Fenster und konnte von hier oben den Vorhof, die hohen Außenmauern und die Dorfstraße sehen. Der Hund lag neben der Couch und wartete, bis sie mit der Taschenlampe und einem alten Spazierstock bewaffnet, die anderen Zimmer durchsucht hatte. Ölgemälde zeigten das ehemalige Gestüt in besseren Zeiten und in einem Raum, es mag früher ein Arbeitszimmer gewesen sein, stand auf einer Seite ein deckenhohes Regal, mit verstaubten Büchern. An den übrigen Wänden hingen vergilbte Fotos. Auf einem erkannte sie sofort ihren Opa, der ihr am Fenster zugelächelt hatte. Sie nahm das Foto und säuberte es mit ihrem Taschentuch. Jung und fesch war er gewesen. Warum war er so plötzlich verschwunden? Sie nahm das Bild mit in ihr neues Zimmer, legte die Decken aufs Sofa und kramte aus der mitgebrachten Kühlbox ein Käsebrot und eine Flasche Bier hervor. Schräg legte sie den Flaschenhals an die Fensterbank und schlug mit der flachen Hand auf den Kronkorken, der zischend davonflog. Jetzt saß ihr neuer Begleiter vor ihr, legte den Kopf schräg zur Seite und bettelte sie an. „Hunger hast du?" fragte sie, obwohl der Hund wohl kein einziges Wort vom dem verstand, hob er eine Pfote. Da war doch noch ein Wurstbrot? Ah hier ist es. Sie legte es auf den Boden und der Hund verschlang es gierig, während sie von dem Käsebrötchen einen kräftigen Biss und einen Schluck aus der Flasche nahm. Wenn der Hund bei ihr bleiben würde, so wäre sie bestimmt vor Ratten oder sonstigem Ungeziefer in der kommenden Nacht sicher. Als sie das gefundene Foto genauer betrachtete, spürte sie ein wohliges Gefühl und dann sah sie erstaunt neben ihrem Großvater einen Hund sitzen, der dem Mischling aufs Haar glich. Der musste von dem Tier abstammen, denn die schwarz-weißen Flecken waren fast identisch. „Carl!" sagte sie und schaute den Vierbeiner an. „Ich nenne dich Carl, wie der zweite Vorname vom Opa." Der haarige Freund stand auf und schlich um ihre Beine, als würde er sie verstehen. Sie stellte die beiden großen Koffer hinter die Couch, legte den kleinen, grünen aufs Bett und öffnete ihn. Lächelnd klappte sie ihn wieder zu. Wohin hätte sie die Zahnbürste, das Shampoo und die Cremedosen stellen sollen? Im angrenzenden Bad standen nur das Klosett, ein Waschbecken und ein Bidet. Es gab weder Spiegel, noch eine Ablage. Sie schaute auf ihre Armbanduhr, denn der Raum verschwamm langsam im Dämmerlicht. 21oo h und schon so dunkel. Die Taschenlampe legte sie griffbereit neben sich auf den Boden und da sie nicht wusste, wie kalt es hier nachts werden könnte, zog sie die dicke Strickjacke an, bevor sie sich in ihre Wolldecke wickelte und hinlegte. Ihr neuer Freund lag neben der Taschenlampe auf dem Holzboden, den Kopf entspannt auf den Vorderfüßen und blinzelte zu ihr hoch. „Brav, Carl. Pass schön auf, dass uns im Schlaf keine Ratten ärgern!" Sie schaute zur Decke, sah die reichlich verzierten Stuckarbeiten und die aufgesetzten Leisten, die im Halbdunkeln lange Streifen warfen. Ihre Lider wurden schwer, sie kämpfte nicht dagegen an. Angst brauchte sie nicht zu haben, denn Carl würde sich melden, wenn . . . . ihre Augen fielen zu und brachten sie ins Traumland.

Die Nacht in der Villa

Sie lief durch den Wald, verfolgt von kläffenden Hunden. Äste schlugen ihr ins Gesicht und als sie stolperte, riss sie beide Arme schützend vors Gesicht. Jaulend stand ein Vierbeiner über ihr und bellte. Als sie sich wild wehrte, sprang Carl jaulend von der Couch und verkroch sich. Da war es wieder: Traum und Wirklichkeit! Sie setzte sich aufrecht, es war jedoch immer noch stockdunkel, die Leuchtziffer ihrer Uhr zeigten halb zwei. Gerade wollte sie sich wieder zur Seite drehen und weiterschlafen, als sie ein leises Gemurmel hörte. Carl hatte das schon vorher gehört und wollte sie warnen! Sie tastete nach der Taschenlampe, verwarf die Idee jedoch sofort, denn wenn sich Leute im Haus befanden, so würden sie durch das Licht auf sie aufmerksam werden. Vorsichtig stellte sie ihre Beine auf den Boden, legte die Decke zurück und ging auf Zehenspitzen zum Fenster. Carl war nirgendwo zu sehen. Sie schaute in den Hof und sah zwei geparkte Autos und mehrere Männer, die entschlossen auf die Steintreppe zugingen, während sie sich angestrengt unterhielten. Unverständliche Wortfetzen drangen zu ihr nach oben, sie schienen sich nicht in ihrer Sprache zu unterhalten. Die Haustür wurde aufgeschlossen und die Männer wurden lauter, aber nicht verständlicher. „Ruhe! Nicht so laut!" rief eine Stimme auf Deutsch dazwischen, die ihr bekannt vorkam: „Wir werden ihr einen herzlichen Empfang bereiten, sollte sie es immer noch nicht verstanden haben und hierher zurückkommen!" Der alte Notar hatte Männer angeheuert, so hatte es den Anschein, um sie endgültig von hier zu vertreiben und das Gut zu verkaufen. „Was, wenn sie von dem Geld erfährt, Chef?" In gebrochenem Deutsch versuchte einer der Männer, den Notar etwas zu fragen. Der reagierte unbeherrscht und zornig darauf: „Ihr hättet nie davon erfahren dürfen! Alekos, nach oben und schau, wo wir die Sachen lagern können!" Bald darauf hörte sie Schritte auf der Holztreppe. Wenn er hierher kommen und sie entdecken würde, war sie verloren! Sie suchte nach dem Hund, um ihm gegebenenfalls das Maul zuzuhalten, da hörte sie ein Poltern und Scheppern. Sie wagte es und öffnete ihre Tür. Im Lichtkegel mehrerer Taschenlampen sah sie einen Mann die Treppe herunterstürzen. Seine Hände und Beine flogen hilflos durch die Luft, bis er unten auf den Steinfliesen liegenblieb. „Lebt er noch?" fragte eine zitternde Stimme und Minna, jetzt vorsichtig über die Brüstung des Geländers nach unten schauend, sah den Notar, der sich über den Liegenden gebeugt hatte. Die übrigen Männer standen im Kreis darum herum. Eine dunkle Flüssigkeit verfärbte den Steinboden und breitete sich unter dem Kopf des Gestürzten aus. Heinrich Berg drückte dem Liegenden die Augen zu, schaute auf die Treppe und schüttelte den Kopf. „Du! Sieh nach, ob die Stufen defekt sind!" sagte er zu einem der Männer, den er eindringlich ansah. „Ihr beiden, schafft ihn auf die Landefläche des Kombis und bringt alte Lappen aus dem Kofferraum mit. Wir dürfen keine Spuren hinterlassen!" Minna duckte sich und schaute durch die breiten Säulen der oberen Brüstung auf den Mann, der sich langsam die Stufen zu ihr herauf bewegte. Da sah sie einen hellen Schatten auf der anderen Seite, am oberen Ende der Treppe. Sie rieb ihre Augen und erkannte den Großvater, der seinen Zeigefinger auf die Lippen legte, während er völlig lautlos auf den Mann zu schwebte. Ihr Opa breitete seine Arme weit aus und verstellte dem Mann, der gebückt die Stufen untersuchte, den Weg. Als er ihren Großvater erreicht hatte, wurde er vier, fünf Stufen von ihm zurückgeworfen und überschlug sich anschließend wie sein verunglückter Begleiter, die Stufen herunter. „Was ist da los?" rief der Notar Berg und rannte an dem Unglücklichen vorbei die Treppe hinauf, sich nicht um den Leblosen kümmernd, der mit weit aufgerissenen Augen auf halber Strecke verdreht liegenblieb. „Du wagst es wieder, meine Villa zu betreten, nach allem, was du getan hast?" Eine dunkle Stimme schallte durch die Eingangshalle und der Notar blieb vor Schreck stehen: „Wer bist du?" fragte er und seine Männer, die diese Stimme nicht hören konnten, riefen zu ihm hoch: „Na, Sie werden uns doch wohl noch kennen, Chef?" Laut, fast hysterisch schrie er nach unten: „Euch hab ich nicht gemeint! Diese Stimme, wo kommt die her!" Während die Leute an seinem Verstand zweifelten, drehte sich der alte Berg wieder herum und starrte in den Lichtkegel seiner Lampe, die nun wirr jeden Winkel absuchte. In einer Hand erkannte Minna eine Pistole, mit der er langsam Stufe für Stufe höher kam. Da ertönte die Stimme wieder: „Kein Schritt weiter, oder willst du auch auf der Treppe sterben?" Der Notar blieb auf der obersten Stufe stehen. „Wo bist du? Zeig dich!" Im hellen Licht stand plötzlich der alte Bülow zwei Schritte vor ihm und schaute ihn aus rotleuchtenden Augen an. Minna erschrak! War das tatsächlich ihr Opa? War er doch nicht tot? Weit über hundert müsste er heute sein und doch stand er da, schemenhaft zwar, aber sie erkannte ihn von den Fotos eindeutig wieder. Dann sprach die Stimme weiter: „Ich werde dich leiden lassen und an meiner Enkeltochter hast du wieder gutzumachen, was du mir angetan hast!" Der Notar zielte und schoss. Grell blitzte der Feuerstrahl seiner Waffe auf . . . . . zweimal . . . dreimal hallte es durch die Villa und nur ein schaurigen Lachen war die Antwort. Der Pulverqualm verzog sich und Minna, die sich beide Ohren zugehalten hatte, sah, wie sich der Alte herumdrehte und so hastig die Treppe wieder herunterstürzte, dass es an ein Wunder grenzte, dass er heil unten ankam. „Was haben Sie da oben gesehen, Chef? Auf wen haben Sie geschossen?" wollten die Männer wissen, aber der Notar Berg schwieg. Eine kalte Hand hatte nach ihm gegriffen und er wusste um seine Schuld, die er vor Jahrzehnten auf sich geladen hatte, in jener unheilvollen Nacht. „Räumt alles auf. Nichts darf darauf hindeuten, dass wir hierwaren. Wir kommen wieder, wenn es hell ist!" sagte er, steckte die Waffe ein und ging in den Innenhof. Seine Hand zitterte. Die Leute im Ort erzählten davon, dass es hier spuken würde. War das ein Teil dieser unerklärlichen Sachen, von denen hier zuweilen berichtet wurden? Der Alte war tot! Er selbst hatte ihn . . . . . . wieder griff die kalte Hand nach ihm und er verbannte seine Gedanken aus dem Kopf. Es kann nicht sein! Es darf nicht sein! Wieso taucht der Alte auf und keiner der Männer hatte davon etwas mitbekommen? Vielleicht war es auch gut so, denn seinen ersten Plan, das Grundstück zu kaufen, hatte er soeben verworfen. Die Erbin musste verschwinden! Spurlos und schnell, genauso wie der Gutsbesitzer damals. Aber das musste er alleine machen. Er wollte keine Zeugen dafür haben und die Polizei war sowieso auf seiner Seite, denn die Fremde hatte doch ihre Anschuldigungen zurückgenommen. Der

Weg war frei. Er verwarf die düsteren Gedanken, ging zum Wagen und stieg hinter das Lenkrad. „Hüte dich, gegen sie etwas zu unternehmen!" Die Schattenhand des alten Bülow schwebte durch die geschlossene Fahrertür und umfasste seinen Hals.

Die Männer, die nun zwei Leichen zu entsorgen hatten, kamen in den Hof und schauten sich erstaunt an, als sie den alten Notar auf dem Fahrersitz seines Wagens sahen. Alleine im Auto schien er sich gegen Wespen oder Bienen im Inneren des Fonds zu wehren, denn er schlug mit beiden Händen um sich. Erst als drei Männer die Türen öffneten, um mit ihm zurück in die Stadt zu fahren, hielt er inne. Atemlos und verwirrt, mit zerzauster, wirrer Frisur schaute er sie hektisch an. „Insekten, Chef?" fragte einer, erhielt aber darauf keine Antwort. Als der Notar den Wagen aus dem Hof lenkte, fuhr er fast die Mauer an, obwohl die Einfahrt breit genug war. Die Männer zuckten mit den Schultern und schwiegen den Rest der Fahrt. Ihnen war es recht, dass sie den vereinbarten Anteil bekamen, obwohl sie dafür nur noch die verunglückten Männer mit Steinen beschwert, in den See werfen sollten. Ihr Anteil an diesem schmutzigen Geschäft war damit erbracht. Alle hatten vorher gewusst, worauf sie sich eingelassen hatten und dass es kein Spaziergang werden würde, als der alte Notar jedem von ihnen € 5.000,-- gezahlt hatte. Man stellt in diesen Kreisen keine unnötigen Fragen und beißt nicht in die Hand, die einem Brot gibt. Das ist Ehrensache!

Jan

„Wo wollte sie denn hin? Das müssen Sie doch wissen! Hat sie wenigstens eine Nachricht für mich hinterlassen? Sie hat doch das Erbe angetreten und will sich hier niederlassen! Wussten Sie das nicht?" Jan stand an der Rezeption des Hotels. Er hatte soeben erfahren, dass die junge Erbin abgereist war. Der Portier schüttelte den Kopf: „Sie hat nichts dergleichen gesagt. Sie hat bezahlt und ließ sich in die Stadt fahren. Mehr weiß ich auch nicht, wirklich! Und nun muss ich mich um die Gäste kümmern, guten Tag." Er drehte sich um, offenbar wollte er nicht weiterreden. „Wer hat sie gefahren? Das müssen Sie doch mitbekommen haben?" wollte er noch wissen, aber der Hotelangestellte zog seine Schultern hoch, lächelte und verschwand durch die Tür mit der Aufschrift: „PRIVAT!" Jan wandte sich ab, hier würde er nichts mehr erfahren. Warum war die junge Frau plötzlich so seltsam gewesen und hatte sogar ihre Anzeige zurückgenommen, obwohl sie mit ihm vorher ausführlich darüber gesprochen hatte. Für ihn stand außer Zweifel, dass dieser alte Notar etwas damit zu tun hatte. Nun war sie verschwunden. Sein Gespür sagte ihm, dass sie in Gefahr war, in höchster Gefahr. Er würde sich den Alten etwas näher anschauen und ihn beschatten. Vielleicht versuchte er ein weiteres Mal, die junge Erbin einzusperren oder ihr etwas anzutun. Glaubhaft war ihr Rückzug auf der Polizeiwache für ihn nicht gewesen. Irgendetwas musste auf dem Revier passiert sein, was ihre Meinung so drastisch verändert hatte.

Nach dem Überfall

Minna traute sich erst eine halbe Stunde später, mit der Taschenlampe die Stufen nach unten zu nehmen. Wie sie es erwartet hatte, so fand sie auch diesmal nichts, was auf die nächtliche Anwesenheit der Männer hingewiesen hätte. Dieser hinterlistige Alte musste Ersatzschlüssel von der Villa haben, das stand jetzt für sie fest. Morgen früh würde sie als erstes in die Stadt fahren und einen Schlüsseldienst beauftragen, das Schloss auszutauschen. Als ihr der Großvater erschien, so war es doch wohl auch so, dass der Notar ihn gesehen oder zumindest gehört hatte, denn sonst wäre kein Schuss gefallen. Nur die Männer hatten die Stimmen wohl nicht gehört, das stand ebenso fest. Was war hier geschehen? Nur ihr Opa könnte ihr bei der Aufklärung behilflich sein. Sie hatte nach ihm gerufen, ihn angefleht und im ganzen Haus gesucht, ohne Erfolg. Er war ihr unsichtbarer Schutzengel. „Carl!" Sie pfiff nach dem Hund, der sich die ganze Zeit über versteckt hatte. „Leckerli! Komm!" Der Vierbeiner kam nicht. Nachdem sie den Boden abgeleuchtet hatte, schaute sie auf die Uhr. Es war viertel vor sechs und draußen zogen die letzten nächtlichen Nebel über die Felder und verflüchtigte sich in dem Wäldchen. Noch zwei Stunden, dann würde sie in die Stadt fahren, um zu frühstücken und den Schlosser zu bestellen. Sie ging wieder nach oben und wollte gerade in ihr Zimmer gehen, als sie den frischen, weißen Staub sah. Sie bückte sich danach und schaute dem Strahl der Lampe nach, der nun die gegenüberliegende Wand absuchte. Zwei Löcher, von aufgeplatztem Putz umgeben zeugten von den Einschusslöchern, die als deutlicher Beweis von der nächtlichen Aktion übrig geblieben war. Sie musste wachsam bleiben, denn mit einem bewaffneten Mann, entschlossen sich an ihr zu rächen, hatte sie es noch nie zu tun gehabt. Zur Polizei konnte sie ein weiteres Mal auch nicht gehen, denn die hätten die Augen verdreht und sie für nicht ganz frisch im Kopf angesehen. Eine simple Erklärung für die Löcher hätten die auch gehabt. Sie musste sich eine legale Waffe zu ihrem Schutz besorgen, gerade jetzt, wo der Hund weg war und sie nicht mehr warnen konnte. Vielleicht hatte er sich genau wie sie erschrocken, als er auf die Liege zu ihr gesprungen war. Vielleicht hatten ihn auch die Schüsse verwirrt und er war davon gelaufen. Was auch immer, sie musste sich irgendwie schützen. Eine Gaspistole? Ein Messer? Im Waffengeschäft würde man eine Lösung für sie finden. Als es hell geworden war, stand sie vor dem Schuppen, ging zum Wagen und startete den Motor. Kurze Zeit später verließ sie die Dorfstraße und fuhr in die Stadt. Sie musste dem Schlosser genau beschreiben, wo ihr geerbter Hof lag, denn die Hausnummer wusste sie nicht. Am gleichen Nachmittag wollte er mit einer Auswahl an verschiedenen Schlössern zu ihr kommen. Im Café gegenüber genoss sie einen Cappuccino, Käsebrötchen und ein weich gekochte Ei. Dann suchte sie einen Lebensmittelladen und kaufte Obst, Brot und ein paar Würste, sowie eine Tüte Hundefutter, für den Fall, dass sich Carl noch einmal bei ihr blicken lassen würde. Im Waffengeschäft war sie von einer Armbrust angetan, die einen starken Metallbogen hatte und trotz des leichten Gewichtes eine enorme Durchschlagskraft besaß. Sie kaufte zehn Bolzen dazu. „Und denken Sie immer daran: Nicht auf Lebewesen zielen!" Minna nickte und dachte sich: Ich ziele ja nicht, ich schieße, wenn ich bedroht werde. Sie packte alles zusammen und ging zum Wagen. Als sie eine halbe Stunde später die Dorfstraße herunter kam, sah sie von weitem, dass gerade ein Auto in ihre Einfahrt fuhr. Sie stoppte ihr Fahrzeug und steuerte es an den Rand, stieg aus und verschloss es. Dann lief sie über die Straße und kletterte auf der Rückseite ihres Anwesens über die Mauer. Als sie am Schuppen vorbei war, hatte sie freien Blick in den Vorhof. Da standen zwei Autos mit geöffneten Türen. Menschen waren keine zu sehen. Vorsichtig schlich sie weiter und sah ein weiteres Fahrzeug, diesmal ein Polizeiwagen. Jetzt hörte sie einen Mann rufen: „Hallo! Frau Bülow? Sind Sie da drin?" Gleichzeitig zog er ununterbrochen an der Kette, die die Türglocke tanzen ließ. Das helle Klingeln und die wiederholten Rufe waren quer über den Hof laut zu hören. Sie hatte schon Angst, dass er das eiserne Gestänge abreißen könnte. Endlich gab er sein Vorhaben auf und ging die Steintreppe wieder herunter. Mehrere Männer und drei Uniformierte, begleitet von Jan, dem jungen, Kriminalbeamten, gingen um die Villa herum. Sie musste sich schnell hinter dem Gebäude verstecken, denn sie kamen ihr bedrohlich näher. Mal überprüften sie hier eine Tür, mal da ein Fenster. „Alles verschlossen. Sie scheint nicht hier zu sein. Wie sollte sie auch hier wohnen können, ohne Strom und fließendem Wasser." Jetzt hörte sie die Stimme von Jan: „Wie war das? Sie haben auf dem Revier doch selber gesagt, dass es dort elektrisches Licht geben würde. Jetzt sagen Sie das genaue Gegenteil. Was stimmt denn jetzt?" Die Männer mischten sich ein: „Herr Pfleger! Wir haben Sie zwar mit hierher genommen, aber ersparen Sie uns eine Debatte darüber, wie wir die Dinge hier handhaben. Herr Berg hat eine gutgehende Kanzlei. Er ist ein ehrenwerter Bürger unserer Stadt und wer ist diese angebliche Erbin? Wie lange steht der Hof leer und wird doch von dem Notar instand gehalten. Die Felder werden von den Nachbarn mitgenutzt. Das soll jetzt alles vorbei sein, weil sich das junge Ding auf ihr Erbe besinnt? Die soll wegfahren und uns das Anwesen überlassen. Ich bin jedenfalls auch dieser Meinung!" Jan ahnte jetzt, warum die junge Frau ihre Anzeige zurückgenommen hatte. Ihr Feind war übermächtig und wie es aussah, hielt ihm die Polizei außerdem noch den Rücken frei. Jan musste die Frau warnen, deshalb zog er sich unter einem Vorwand zurück: „Sie brauchen mich ja nicht mehr hier, oder? Ich fahr dann mal weiter!". Er musste sie suchen, aber wo? Er stieg in den Wagen und wollte in die Stadt. Als er die Dorfstraße befuhr, fiel ihm sofort das kleine Auto auf, das am Feldrand geparkt war. Kein Mensch war weit und breit zu sehen. Er notierte das Kennzeichen und parkte etwas weiter oberhalb. Dann nahm er sein mobiles Telefon und rief seine alte Dienststelle an. Nach zwei weiteren Telefonaten hatte er die Gewissheit! Das war ein Leihwagen, den eine Frau Bülow angemietet hatte. – Volltreffer- Jetzt brauchte er nur noch zu warten, bis sie zum Wagen zurückkam. Bald darauf kamen die Fahrzeuge wieder aus der Einfahrt des Gutshofes und fuhren in entgegengesetzter Richtung zurück. Dann rutschte Jan im Sitz nach unten, denn Minna kam keine fünfzig Meter entfernt über die Mauer, lief zum Auto, stieg ein und rollte in ihre Einfahrt. Jan wartete einen Augenblick und fuhr ebenfalls zum Gut. Als er auf den Hof kam, suchte er vergebens nach dem Leihwagen. Er stieg aus und ging hinter das Haus. Da kam sie aus einem der Schuppen, ging über den Kiesweg und verschwand kurz danach in der Hintertür. Ein kleiner Hund lief hinter ihr her, kam aber wohl zu spät, denn er kratzte jaulend mit seinen Pfoten an der Holztür. Jan kam aus seiner Deckung und ging auf den Hund zu: „Wo kommst du denn her?" Zutraulich näherte sich der Vierbeiner, mit dem Schwanz wedelnd, bis ihn Jan ohne Widerstand auf den Arm nehmen konnte. Er ging mit ihm zurück und zog an der Hausglocke, die hell klingelte.

Minna hörte das Schellen und dachte an den Schlosser, der wohl etwas früher gekommen war. Sie lief die Treppe herunter und öffnete die Tür. Da stand Jan, mit dem weggelaufenen Carl auf dem Arm. „Wie haben Sie mich gefunden?" Der junge Polizeibeamte antwortete nicht darauf, setzte den Hund ab und kam unaufgefordert ins Haus. „Wenn es jemand auf ihre Gesundheit abgesehen hat, und das ist bei Ihnen der Fall, so hat er leichtes Spiel. Sie sind zu gutgläubig und unvorsichtig." Er griff in seine Innentasche und zog mehrere Papiere und seinen Ausweis heraus. Während sie das Lichtbild und seine Polizeinummer betrachtete, fuhr Jan fort: „Das habe ich bis jetzt herausgefunden. Sie sind in größter Gefahr!" Minna ging gedankenverloren wieder nach oben und er rief hinter ihr her: „Haben Sie auf der Bank nach Ihrem Erbe gefragt?" Minna blieb stehen und schaute nach unten: „Ich verstehe nicht?" Jan kam ihr nach: „Ihr Großvater hatte ein beträchtliches Vermögen. Jetzt raten Sie einmal, wer dieses Konto treuhänderisch verwaltet hat?" Minna konnte sich denken, was jetzt kam. Sie hielt sich am Geländer fest und bevor sie antworten konnte, redete Jan weiter: „Genau! Es ist der alte Notar. Nach meinen Recherchen muss er Gelder veruntreut haben. Von dem Konto gingen regelmäßig hohe Überweisungen ab, die auf dem Privatkonto des alten Notars gutgeschrieben wurden. Selbst dann noch, als alles geregelt schien und alle Rechnungen beglichen waren. Treuhänderisch, das ich nicht lache! Pah!" Minna schaute ihn an: „Warum tun Sie das alles? Wieso helfen Sie mir? Stecken Sie da auch mit drin und wollen sich reinwaschen?" Mit ein paar schnellen Sätzen war Jan bei ihr. „Haben Sie das nicht schon beim ersten Mal gemerkt? Sie sind mir nicht gleichgültig, Frau Bülow!" Minna ließ es zu, dass er ihre beiden Hände nahm und zum Mund führte. Zärtlich küsste er jeden Finger. „Ich werde nicht zulassen, dass dieses Schwein ungestraft davonkommt. Außerdem steht immer noch das plötzliche, ungeklärte Verschwinden Ihres Großvaters im Raum. Ich werde Ihnen helfen!" Verwirrt, aber glücklich lehnte sie sich an seine Schulter. Alleine würde sie gegen die hiesige Polizei und den korrupten Notar nicht ankommen können. Sie fasste Vertrauen und zog Jan bis ans Ende der Treppe. „Da! Der alte Berg hat auf . . . . . ." sie verschluckte den Rest, denn dass er auf ihren Großvater gezielt hatte, das konnte sie ihm nicht erzählen . . . . . noch nicht! „Geschossen hat er. Dreimal!" Schnell redete sie weiter, bevor er Fragen stellen konnte, die sie nicht beantworten konnte, oder wollte. So erklärte sie nur, dass die Männer vergebens versucht hatten, nach oben zu kommen und auf der Treppe gestolpert waren. Dass sie dabei zu Tode gekommen waren, verschwieg sie natürlich. Jan hatte ein Taschenmesser in der Hand und puhlte in den frischen Löchern der gekälkten, weißen Wand. „Versteh ich nicht! Wieso auf Sie?" sagte er dabei.

„Haben Sie an der Wand gestanden, als er geschossen hat?" Die fühlte sich ertappt und wurde ein wenig barsch: „Das sehen Sie doch! Wären sonst die Löcher in der Wand?" Sie wollte jetzt nicht mehr darüber reden und ging in das Zimmer, in dem sie sich niedergelassen hatte. Der Vierbeiner rannte vor, setzte sich neben die Couch, hielt den Kopf ein wenig schräg und jaulte sie an. „Braver Carl!" sagte sie und setzte sich zu ihm. Jan kam kurze Zeit später auch in das Zimmer. Er hielt zwei Projektile in der flachen Hand. „Normales Kaliber, schätze ich. Schauen Sie, ganz platt und verformt." Minna sah nicht hin. Sie flüsterte nur leise vor sich hin: „Was hatte der Opa, oder besser gesagt, diese Lichtgestalt damit gemeint, wieder gut machen, was da angerichtet worden war?" Jan legte seine aus der Wand gekratzte Beute behutsam auf die Fensterbank: „Was flüstern Sie da?" Minna schaute auf: „Eh, nichts! Ich habe bloß laut nachgedacht. Das ging alles so schnell und verwirrend ist es auch! Wieso kann ich nicht mein Erbe ganz normal antreten. Welche Lawine hab ich denn damit ausgelöst? Verstehen Sie das?" Jan nickte: „Natürlich! Sehen Sie sich einmal die Ländereien an! Gutes Ackerland und in ein paar Jahren wird das alles bebaut sein, Sie besitzen ein Vermögen. Und dann ist da noch das unterschlagene Geld! Es sollte sicher angelegt sein und nun ist nichts mehr davon auf dem Konto. Es war schließlich Ihr Geld. Wir müssen schnell handeln und Beweise dafür finden, damit Sie das mitgeerbte Guthaben zurückbekommen! Wir müssen . . ." er verbesserte sich schnell: „Sie müssen unbedingt zur Bank und Einsicht in die letzten Abhebungen verlangen." Minna stimmte ihm zu: „Wir haben Samstag. Jetzt ist Wochenende. Montag werde ich hinfahren, versprochen! Und wenn Sie nichts Besseres zu tun haben, so können Sie mich begleiten! Jan schaute sie entsetzt an: „Sie wollen doch nicht etwa so lange hierbleiben?" Minna nickte und brachte ihn zur Tür: „Doch, will ich! Ich werde mich zu wehren wissen! Sie können mich am Montagmorgen hier abholen! Vielen Dank für alles." Jan ließ es willenlos geschehen. Sie war ein selbstständiger Mensch und musste wissen, was sie tat. Nächste Woche würde er mehr wissen. Er ging zum Wagen und fuhr vom Hof. Minna stand am oberen Fenster und schaute ihm nach. Nett war er ja, aber um endgültig Vertrauen zu ihm aufzubauen, brauchte sie mehr Zeit. Sie machte sich ein paar Butterbrote und teilte ihre Mahlzeit mit ihrem Hund. Als es zu dämmern begann, nahm sie die Armbrust und fünf Bolzen. Sie legte die Waffe griffbereit neben die Couch, nahm eine alte Decke und legte sie als Nachtlager für den Hund unter das Fenster. Carl murrte zwar dagegen, denn er wollte lieber zu ihr auf die Liege, aber das war Minna nicht gewohnt und er sollte ihr auch nicht störend in die Quere kommen, sollte sie mit der Armbrust hantieren müssen. Sie war gerade eingeschlafen, als ein alter Mann vor der Liege stand. Sofort war ihr klar, dass sie träumte. Sie fühlte seine Hand in ihrem Haar und spürte die beschützende Fürsorge, die er ausstrahlte. „Opa, bist du das?" fragte sie ihn. „Ich habe dich nie kennengelernt!" Der alte Bülow hatte ein gütiges Lächeln: „Minna, ich war schon immer bei dir. Ich werde dich beschützen, denn du bist von meinem Blut. Hab keine Angst, ich kann zwar nicht zu dir kommen und du kannst nicht in meine Welt, aber sei gewiss, dass ich nicht zulasse, dass der hinterlistige, alte Notar Heinrich Berg damit durchkommt. Dein neuer Freund hat Recht! Gehe mit ihm zur Bank und kläre das mit dem unterschlagenen Geld. Und nun schlaf weiter, du hast noch unruhige Tage vor dir . . . . . ." Minna war sich jetzt nicht mehr ganz so sicher, ob das tatsächlich nur ein Traum war, denn diese Gestalt war so real, dass sie es wagte, ein paar Fragen zu stellen: „Wieso hat der Notar auf dich geschossen?" Der alte Bülow, den man im Ort nur Graulich nannte, schaute sie an: „Du hast mich also auf der Treppe gesehen? Das ist gut. Du hattest doch keine Angst? Man nimmt mich normalerweise nur wahr, wenn einen Panik und ein schlechtes Gewissen quälen." Minna schaute in seine Richtung. Der alte Mann war von einem hellen Licht umgeben. „Ich habe dich gespürt! Eine Wärme und Geborgenheit geht von dir aus, wie sollte ich mich da fürchten?" „Nimm meinen Rat an und hüte dich vor ihm! Der Notar will nicht, dass sein Verbrechen an mir herauskommt. Im Garten war früher ein Brunnen, der zu meinem Grab wurde, mehr kann ich nicht sagen . . . . . ." Die Umrisse der Gestalt zerfielen und wichen zurück. Bald war nur noch ein kleines Licht, eine Spieglung an der Wand zu sehen. Sie drehte sich um und schaute nach dem Hund, der friedlich mit dem Kopf auf seinen Pfoten eingeschlafen war. In dieser Nacht hatte sie keinen Traum mehr, oder sie konnte sich nicht mehr daran erinnern, als sie am nächsten Morgen ausgeruht aufstand und ins Bad ging. Sie war gestärkt aus ihrem Zwiegespräch mit dem Verstorbenen gegangen. Er würde sie beschützen, davon war sie jetzt vollends überzeugt. „Ich habe einen Schutzengel!" sagte sie sich halblaut Obwohl sie wusste, dass die Versorgungsleitungen in der Villa unterbrochen waren, drehte sie den Wasserhahn auf und dachte sich nichts dabei, als zum ersten Mal hier im Haus das kalte Nass in ihre zusammengelegten Hände tropfte. Als sie ihr Gesicht hineingetaucht hatte, drehte sie den Hahn zu, trocknete sich ab und ging zurück in das Zimmer. Erst jetzt bemerkte sie verwundert, dass im Treppenhaus die Deckenbeleuchtung brannte. Sie legte den Schalter in ihrem Zimmer um, auch hier flackerte die Glühbirne, die einsam in der Fassung von der Decke baumelte. „Seit wann ist hier denn Wasser und Strom?" dachte sie noch, als die Türglocke anschlug. Sie schaute auf ihre Armbanduhr. Es war 9.ooh, Sonntagmorgen. Sie ging zum Fenster, öffnete und schaute hinunter. Im Hof stand der Wagen von Jan und er wartete mit einem abgedeckten Tablett an der Haustür. Als er zu ihr hochsah, rief er: „Gnädige Frau? Sie hatten Frühstück bestellt?" Minna atmete auf. Sie lief nach unten, um ihn hereinzulassen. Sie stürzte sich mit Heißhunger auf die noch dampfenden Brötchen und den heißen Cappuccino. Sogar an einen Hundeknochen für Carl hatte er gedacht. Als sie mit dem Frühstück fertig waren, druckste Jan herum. Sie spürte, dass ihm eine Frage auf den Lippen brannte. „Nun", sie schaute ihn offen an: „Was bedrückt Sie?" Jan schlug seine Jacke zurück und zeigte ihr das Futteral mit seiner Dienstwaffe. „Damit kann ich Sie beschützen, aber womit werden Sie sich wehren?" Stolz stand Minna auf, bückte sich und zog ihre neu erworbene Armbrust unter der Liege hervor. „Damit! Das Ding hat eine enorme Durchschlagskraft!" Der junge Beamte senkte den Kopf: „Ist das Ihr Ernst?" Sie nickte, nahm einen Bolzen und versuchte ihn umständlich in die Laufschiene zu legen. Als das endlich geschafft war, stellte sie den Bogen hochkant auf den Fußboden und zog mit beiden Händen die Sehne nach hinten, um sie hinter dem Bolzen einzuklinken. Jan nickte ihr zu: „Toll! Ich bin begeistert! Meinen Sie wirklich, wenn Sie überrascht werden, alle Zeit der Welt zu haben? Meine Güte! Wer hat Ihnen bloß geraten, diese altertümliche Waffe zu kaufen? Sie wären schon lange tot, bevor Sie überhaupt das Ding in der Hand hätten. Und dann nur ein einziger Schuss, lächerlich! Spielen Sie damit im Hof, aber tun Sie mir einen Gefallen und versuchen Sie nicht, sich damit zu wehren!" Minna legte Bolzen und Armbrust auf die Liege. Jan hatte Recht. Sie wäre nicht in der Lage, sich damit zu schützen. Plötzlich hob Carl den Kopf und ließ ein kurzes: „Wuff" von sich. Gleichzeitig wedelte er mit dem Schwanz und schaute mit gespitzten Ohren zur Tür. „Haben Sie etwas gehört?" fragte Minna leise und Jan hob seine Schultern. „Vielleicht haben Sie Ratten hier? Das Schloss ist doch ausgetauscht, oder?" Minna nickte und nahm ihre Armbrust. „Lassen Sie bloß das Ding liegen!" meinte Jan und öffnete die Tür, während er mit der rechten Hand unter sein Jackett griff und die Dienstwaffe zog. Minna hörte nicht auf ihn und spannte den Bolzen ein, bevor auch sie zur Tür ging. „Du bleibst hier!" sagte sie zu ihrem Vierbeiner, der sofort unter die Liege kroch. „Jan? Wo sind Sie?" Minna kam aus dem Zimmer und schaute sich um. Von ihrem Gast war nichts zu sehen, nur unten in der Vorhalle hörte sie ein leises Flüstern: „Das ist nicht spaßig!" rief sie herunter, die Armbrust im Anschlag. Als sie die Treppe halb heruntergekommen war, sah sie halb vom Schatten des Geländers verdeckt, eine Person auf dem Boden liegen. „Jan?" sagte sie noch einmal und schaute konzentriert auf die leblosen Beine. Plötzlich sprang ein Fremder ins

Licht und hielt eine Pistole auf sie gerichtet. Sie hatte wohl eher aus Überraschung, denn aus Vorsatz abgedrückt. Das Zischen des abgefeuerten Bolzens und der Knall der Handfeuerwaffen vermischten sich. Dann ließ der Fremde die Waffe fallen und schrie laut vor Schmerzen los. Er hielt sein Bein fest und schaute entsetzt, als ob er es nicht glauben könnte. In seinem Oberschenkel steckte tief der gefederte Bolzen. Zwei weitere Männer stürzten auf ihn zu und nahmen seine Arme auf ihre Schultern. Humpelnd versuchte der Verletzte Schritt zu halten und wurde zur Hintertür geführt. Minna wartete ab, bis sie das Geräusch von abfahrenden Autos hörte. Erst jetzt traute sie sich, mit neu geladener Armbrust wieder zurück in den Flur: „Jan?" fragte sie so leise, als vermute sie doch noch Fremde im Haus, die ihr nach dem Leben trachteten. Der Hund rannte plötzlich an ihr vorbei und war schneller wild kläffend unten in der Halle, als sie. „Such, Carl! Such!" ermunterte sie den kleinen Vierbeiner, der jedoch weiter bellend am unteren Ende der Treppe sitzen blieb. Als sie auch die Stelle erreicht hatte, drehte sie sich zu dem Hund um, der halbverdeckt von dem Geländer im Dunkeln saß. Er wedelte aufgeregt mit dem Schwanz, was hatte er da entdeckt? Zögernd ging Minna um das Geländer herum und erschrak. In einer schwarzen Lache, die sich bei näherem Hinsehen als Blut herausstellte, lag Jan. Mit offenen Augen starrte er an die Decke, so als wollte er nicht begreifen, wie schnell man ihm den Hals hatte durchschneiden können. Minna biss sich auf die Faust, um nicht loszuschreien. Der einzige Mann, dem sie allmählich immer mehr Vertrauten entgegenbringen wollte, war nun tot! Hinterlistig ermordet in ihrem Haus.

Ein Stück von ihm entfernt lag seine Dienstwaffe, aus der er nicht mehr hatte schießen können. Es war die Pistole, mit der Minna bedroht worden war, als sie sich erfolgreich mit dem abgeschossenen Bolzen gegen den Mörder hatte wehren können. Beim letzten Mal hatte der Mordkomplott dazu geführt, dass die benachrichtigte Polizei sie nicht für voll genommen hatte. Wie sollte sie jetzt den Tod des jungen Beamten hier in ihrer Villa erklären können? Würde man ihr diesmal Glauben schenken? Auf seiner Dienstwaffe mussten doch die fremden Fingerabdrücke des Täters sein, denn der Griff der Pistole war blutverschmiert. Außerdem hatte der Mann eine schwere Beinverletzung! Der müsste doch zu finden sein! Sie legte die Armbrust beiseite, nahm ihr mobiles Telefon und rief den Notruf der Polizei an. Eine halbe Stunde danach, es war später Nachmittag, wurde die Front ihres Anwesens mit dem, sich drehenden blauen Licht in eine gespenstische Kulisse getaucht. Vier Polizeiautos standen verteilt im Vorhof und mehrere Beamte mit weißen Overalls durchsuchten die Halle. Minna saß mit einem Kommissar in der Küche und trank den Rest des Kaffees aus der Thermoskanne, die Jan vor Stunden mitgebracht hatte. „Wie war das genau? Sie saßen also hier mit dem späteren Opfer zusammen und haben gefrühstückt?" Minna war deprimiert, denn diese Frage und die dazugehörenden Antworten hatte sie schon zehn Mal beantwortet. „Hören Sie mir eigentlich richtig zu oder erwarten Sie, mich bei einer Lüge zu ertappen? Wir haben oben gefrühstückt! Zum wiederholten Male! Oben! Carl wurde plötzlich unruhig und spitzte die Ohren, wir hatten nichts gehört. Der Polizeibeamte gebot mir, hier auf ihn zu warten, während er sich mit gezogener Waffe die Treppe herunter begab." Sie holte tief Luft: „Suchen Sie lieber nach dem Mann, der mit einer Fleischwunde am Oberschenkel dringend ärztliche Hilfe benötigt. Wenn Sie ihn haben, dann haben Sie auch den Mann, auf den die Fingerabdrücke der Dienstwaffe passen und der meinem Bekannten die Schnittwunde beigebracht haben muss." Der Kommissar schien endlich zufrieden zu sein: „Halten Sie sich zur Verfügung, Frau Bülow. Wenn wir noch Fragen haben sollten, so werden wir uns bei Ihnen melden." Er schaute sich verächtlich in der Küche und dem angrenzenden Zimmer um: „Sie wohnen jetzt hier?" Minna ignorierte diesen Pedanten, nickte zur Bestätigung und ging an ihm vorbei. „Ach noch eins!" er stand provozierend in der Tür: „Die Armbrust haben wir selbstverständlich beschlagnahmt. Sie werden mit einer Anzeige rechnen müssen. Sie sagten, von dem Mann persönlich bedroht wurden zu sein, als Sie auf ihn geschossen haben . . . . . kann das jemand bezeugen?" Minna kochte innerlich. „Natürlich!" rief sie. „Der Täter wird mit Freuden bestätigen, was er vorhatte und mich entlasten! Ich fasse es nicht. Was hätte ich tun sollen? Warten bis er auf mich schießt?" Der Beamte spürte, dass sich die junge Frau aufgeregt hatte und hakte nach: „Eben haben Sie noch behauptet, der Mann und Sie hätten gleichzeitig geschossen. Nach ersten Erkenntnissen wurde kein einziger Schuss aus der Pistole abgegeben und das Blut am Griff kann auch von Ihnen dorthin gekommen sein. Verwertbare Abdrücke haben wir keine gefunden. Nehmen Sie sich einen guten Anwalt und seien Sie froh, dass wir auf eine Festnahme vorläufig verzichten." Er lächelte vielsagend und ging in die Halle. „Seid ihr fertig?" Die Männer packten ihre

Ausrüstung zusammen, der Fotograf hatte seine Beweisbilder gemacht, die Leiche war auf dem Weg ins Präsidium und nur der riesige Blutfleck auf den Steinfliesen und die, mit weißer Kreide aufgemalten Umrisse des Getöteten erinnerten noch daran, was sich hier abgespielt hatte. „Sie wollen wieder fahren? Ohne einen Polizeischutz für mich?" Der Kommissar kam zurück und stellte sich demonstrativ mit verschränkten Armen vor ihr auf. „Bevor nicht eindeutig geklärt wurde, wie unser Kollege umkam und wer ihn getötet hat, gehen wir von ganz anderen Voraussetzungen aus. Jetzt spielen Sie mal nicht die Unschuld vom Lande, Gnädigste. Das war jetzt das zweite Mal, dass Sie uns seltsame Dinge unterstellten und beim ersten Mal mussten Sie sogar Ihre Anschuldigungen überraschend zurücknehmen. Wir sind sehr bemüht Ihnen zu glauben, jedoch wird es für uns immer schwieriger. Wir fahren!" Damit war alles gesagt und Minna bereute schon jetzt, die Polizei überhaupt gerufen zu haben. Nach den ersten Erfahrungen, die sie mit den Dorfsheriffs gemacht hatte, konnte sie auch nichts anderes erwarten. Dein Freund und Helfer! Oh Mann, sie saß ganz schön in der Patsche. Die Männer waren wieder abgerückt, die hintere Kellertür hatten sie notdürftig repariert, denn da waren sie hereingekommen. Es mussten mindesten drei gewesen sein, denn der Verletzte war von zwei Kollegen gestützt zum Wagen gebracht worden. Waren es Männer, die einen Auftrag zu erledigen hatten? Auftragskiller? Als sie die Treppe wieder nach oben ging, wurde ihr bewusst, dass sie unmöglich so ungeschützt hier in dem Haus darauf warten konnte, bis das nächste Rollkommando kommen und die angefangene Sache beenden würde. Sie packte ihre Sachen, ging in den angrenzenden Schuppen und fuhr mit dem Leihwagen in eine kleine Pension am Rande der Stadt. Als man nach ihrem Ausweis fragte, schob sie eine Banknote über den Tresen, der schnell in der Faust des Fragenden verschwand. Früh am nächsten Morgen fuhr sie zur Bank. Sie legte ihre Urkunden vor und bestand darauf, Einsicht in die Geschäfte ihres Opas zu bekommen. Nervös wollte sie der Schalterbeamte auf den Nachmittag vertrösten, aber Minna ließ sich auf keinen Kompromiss mehr ein: „Ich wünsche auch nicht, dass Sie mit wem auch immer, jetzt telefonieren. Sie werden niemanden davon in Kenntnis setzen, dass ich hier bin, sonst werde ich Sie und Ihre Bank verklagen, das Bankgeheimnis verletzt zu haben, verstanden?" Verängstigt nickte der eingeschüchterte Mann und wollte die angeforderten Belege aus dem Archiv holen. „Sie werden mir eine Tasse Kaffee bringen. Die Unterlagen kann auch ein anderer hochholen. Sie bleiben bei mir hier im Büro." Sie kannte sich selbst nicht mehr wieder, aber die letzten Ereignisse hatten ihr gezeigt, dass sie mit Freundlichkeit nicht mehr weiter zu kommen schien. Jetzt wollte sie Klarheit haben. Eine Stunde später hatte sie sich mit Hilfe des Angestellten ein erstes Bild über die Konten machen können und war überrascht, dass die Bank die Transaktionen und Abhebungen auch dann noch zugelassen hatten, als ihr Name bekannt war und sie als Erbin feststand. „Ich werde Ihnen einen Termin bei dem Notar machen, um die Sache zu klären!" Als Minna widersprechen wollte, kam ein verstohlenes Lächeln über seine Lippen und er ergänzte: „Bei dem jungen Notar! Der war in dieses Geschäft bisher nicht eingeweiht. Sie können ihm vertrauen, glauben Sie mir!"

Dr. Martin Berg, Notar

Minna saß im städtischen Notariat. Der junge Berg war
völlig verzweifelt, als er von ihr hören musste, was sich
hinter seinem Rücken bisher abgespielt hatte. „Ich habe
davon nichts gewusst! Sie müssen mir glauben! Erst als
mich der Bankangestellte anrief und von den gesamten
Abhebungen der Festgeldkonten unterrichtete, wurde ich
skeptisch und habe meinen alten Herrn zur Rede gestellt.
Wütend hat er alles abgestritten. Ich habe ihn kaum
wiedererkannt. Angegriffen und verhöhnt hat er mich.
Mich! Seinen eigenen Sohn!" Der junge Notar schob ein
schweres Paket über den Schreibtisch in ihre Richtung.
„Davon stand nichts in den Protokollen. Auch das hat
mein Vater unterschlagen, es gehört Ihnen! Es lag in
seinem privaten Safe." Dann legte der junge Notar einen
Zündschlüssel dazu. „Ihr Geländewagen steht unten in
der Tiefgarage. Auch so eine Lüge von ihm, dass Sie ihr
Auto angeblich hier unterstellen wollten! Ich bin entsetzt
und werde alles daran setzen, dass Sie Ihr geerbtes Geld
komplett wieder zurückbekommen! Und wenn ich
meinen eigenen Vater endmündigen lassen muss!" Minna
konnte dem Mann ansehen, dass er alles daran setzen
würde, die zugefügten Unannehmlichkeiten ungeschehen
zu machen. „Wo ist Ihr Vater jetzt?" wollte sie noch
wissen und ihr Gegenüber hob resigniert seine Schultern.
„Ich dachte, ich hätte ihn gekannt . . . . . " murmelte er.
Dann kamen ein tiefer Seufzer und die Erkenntnis, dass
auch er, der eigene Sohn hinters Licht geführt worden
war, wie so viele hier in der Stadt und in dem
angrenzenden Dorf. Der Alte hatte unverhohlen überall
von „seinem" Besitz gesprochen. Es gab schon

Verwunderung darüber, dass nun alles einer anderen gehörten solle, die aus dem Westen kam und von der man hier nichts wusste. Sie trug jedoch den Namen, der vom Dorfältesten immer gefallen war. „Die Bülow-Villa". Minna musste das alles erst einmal verdauen. Solange dieser Alte frei herumlief, würde sie keine Ruhe haben. Wer sollte sie jetzt vor ihm schützen können? Gerade als sie Vertrauen zu Jan aufgebaut hatte, wurde der vor ihren Augen ermordet. Wenn auch Killer auf sie angesetzt waren? Was dann? „Sie wohnen nicht mehr im Hotel?" wollte Berg wissen und Minna schüttelte den Kopf. Es wäre töricht von ihr, das abzustreiten, denn es hatte sich sicherlich schon herumgesprochen, dass sie in der Villa ein paar Räume notdürftig bewohnte. „Warum fragen Sie? Sie wissen es doch schon!" Sie war unsicher geworden, stand auf und wollte gehen. Der Anwalt antwortete: „Sie haben mich missverstanden!" sagte er. „Ich fühle mich verantwortlich!" Er stand auf und ging zum Schrank. Über die Schulter sagte er: „Nach allem, was ich auch von der Polizei erfahren konnte!" Er nahm einen kleinen Holzkasten, schloss die Schranktür und forderte sie auf, sich wieder zu setzen. „Ich traue meinem Vater schon viel zu, das können Sie mir glauben, aber Mord? Niemals! Er wird Männer angeheuert haben, die ihn falsch verstehen und auf ihre Weise den Job erledigen." Jetzt stand Minna auf: „Es ist Ihr Vater, aber er ist auch ein Betrüger und ich . . ." sie zeigte auf ihr Herz: „ich stehe ihm im Weg! Glauben Sie mir! Ich habe ihn erlebt! Er ist zu allem fähig!" Sie wollte nicht wissen, was er ihr hatte zeigen wollen. Mit den Unterlagen ging sie zur Tür und anschließend in die Tiefgarage. Mit ihrem Geländewagen verließ sie die Stadt.

Ungleiches Duell der Alten

Panisch in Angst vor Entdeckung, packte der alte Notar seinen Koffer. Für die wichtigen Dokumente und die Goldbarren im Safe war es jetzt zu spät, denn der stand im alten Büro, in der unteren Etage. Dafür hatte er keine Zeit mehr. Der Aktenkoffer, voll mit Geldbündeln der überhasteten Auflösungen von drei, ihm anvertrauten Konten, stand verführerisch neben seinem Bett. Davon wusste die Erbin nichts! Wie sollte sie auf die Idee kommen, die hiesige Bank zu fragen und nach verbliebenem Geld zu suchen? Keiner wusste von dem Pakt, den er mit dem Teufel schloss, als er den alten „Graulich" damals übers Ohr gehauen hatte. Schnell war alles im Kofferraum seines Sportwagens verstaut. Er startete den Wagen und raste aus der Stadt. Er war tief enttäuscht über seinen Sohn, der gemeinsame Sache mit der Erbin machte. Gegen ihn, den eigenen Vater! Hätte er ihn beizeiten in seine perfiden Pläne einweihen sollen? Niemals, denn dann wäre auch der Mord an dem Alten aufgedeckt und geklärt worden. Seine Gedanken kreisten nur darum, das Land so schnell wie möglich zu verlassen. Versagt hatten sie! Allesamt waren gescheitert an dem einfachen Plan, die junge Erbin vom Hof verschwinden zu lassen. Zuerst hatte er ja noch die Hoffnung, dass sie das Erbe nicht antreten würde. Als sie dann doch unverhofft im Büro stand, war er gezwungen zu handeln. Als sein „gutgemeinter" Rat, den Besitz wieder zu verkaufen, von ihr nicht akzeptiert wurde, hatte sie seine Pläne durchkreuzt. Sie musste verschwinden, wie der alte Graulich, damals. Sie hatte ihr Todesurteil selbst gefällt. Dass es seine angeheuerten Männer zu dumm angestellt hatten, sollte nun keineswegs dazu führen, dass seine Pläne weiterhin durchkreuzt würden. Das Geld des alten Graulich sicherte seine weitere Zukunft. Hier hatte er nichts mehr verloren! Da schreckte er aus seinen Gedanken auf. Helle Lichter eines entgegenkommenden Fahrzeugs blendeten ihn. Er war viel zu weit nach links abgekommen und steuerte abrupt zurück auf die rechte Straßenseite. Der andere Wagen schleuderte hupend an ihm vorbei. „Konzentriere dich, Mann!" sagte er sich selbst. „Nicht, dass ich im letzten Augenblick noch an meiner Flucht gehindert werde!" so raste er durch die Nacht. Dann fing es auch noch plötzlich heftig an zu regnen. Die eingeschalteten Scheibenwischer glitten im Takt über die Scheibe und brachten immer nur kurz eine klare Sicht. „Warum rast du denn so, Heinrich?" flüsterte ihm fragend eine leise Stimme direkt ins Ohr. Mit einer Vollbremsung brachte er den Wagen zum Stehen und dann drehte er sich nach hinten um, doch die Bank war leer! Er saß alleine im Wagen. Hatte er Halluzinationen? Spielten seine Gedanken ihm einen Streich? Er startete den abgewürgten Wagen wieder und raste mit durchdrehenden Reifen weiter, um den Nachtzug noch zu erreichen, der ihn ins Ausland bringen sollte. Was war das? Da . . plötzlich tauchte, gut zwanzig Meter vor ihm ein Schatten, eine Gestalt mitten auf der Fahrbahn auf. Jetzt fuhr er schon wieder viel zu schnell, um noch abbremsen zu können und riss ruckartig das Lenkrad herum. Mit kreischenden Reifen schleuderte das Auto gegen die Leitplanken, überschlug sich, rutschte auf die Gegenfahrbahn und prallte dort gegen einen Baum. Dann war es still. Totenstill! Nur das Prasseln des Regens war zu hören. Die Lichtstrahlen der verbeulten Scheinwerfer kreuzten sich im naheliegenden Gebüsch. Aus dem völlig demolierten Auto stieg Qualm auf. Nur das quietschende Geräusch eines Scheibenwischers kratzte immer noch weiter über die zersplitterte Frontscheibe. Der alte Notar, eben noch so sehr in Eile, fühlte sich jetzt leicht und schwerelos. Da drang wieder die leise Flüsterstimme an sein Ohr: „Du hast mir immer noch nicht meine Frage beantwortet. Warum bist du so schnell gefahren? Versteh doch endlich! Du kannst nicht vor mir und deinem eigenen, schlechten Gewissen davonlaufen." Der alte Bülow legte vertraulich seinen Arm um ihn. „Danke, dass du mir auf der Straße ausgewichen bist, aber du hättest mir nicht noch einmal wehtun können." Heinrich Berg, der alte Notar sah sich selber, wie eine fremde Person unten, in dem dampfenden, zertrümmerten Auto liegen. Im strömenden Regen versuchten ein paar Mutige, die verklemmte Fahrertür zu öffnen, während er über dem Blechhaufen zu schweben schien. „Wo . . . . wo bin ich?" fragte er ängstlich und die Stimme antwortete: „Du weißt doch, wo du bist! Warum fragst du?" Die helfenden Passanten sprangen von dem völlig zerstörten Wagen zurück, als unter der Kühlerhaube ein flackerndes Feuer zu sehen war. Ein letzter Blick auf den Fahrer zeigte den Männern, dass sowieso jede Hilfe zu spät gekommen wäre. Der Fahrer war wohl mehrfach sehr heftig mit dem Kopf gegen die Seitenscheibe geschleudert worden. Stirn und Schläfen waren aufgeplatzt und Teile seines Gehirns hingen auf seiner Schulter. Obwohl der Airbag ausgelöst worden war, hatte sich die Lenksäule in seinen Brustkorb gebohrt. Mit einer wuchtigen Stichflamme fing der Schrotthaufen Feuer und nachdem auch noch der Tank explodiert war, brannte der Wagen völlig aus. Entsetzt standen die Helfenden in sicherer Entfernung und mussten tatenlos zusehen, wie die Flammen in den Himmel schossen. Ein alter Mann mit knielangem Mantel und Schlapphut kam aus dem brennenden Inferno, er trug einen kleinen Aktenkoffer und ging an den staunenden Menschen vorbei. Er zeigte auf den Koffer und sagte: „Der gehört meiner Enkeltochter! Sie hat ihn zwar noch nicht vermisst, aber sie wird sich riesig darüber freuen, davon bin ich überzeugt!" Sprach es und verschwand in der Dunkelheit.

Finale

Die Nebel der Nacht verzogen sich, der feuchte Dunst kroch noch über die Felder, als die ersten Sonnenstrahlen vorsichtig den dunkelblauen Horizont in ein helles Rosa färbten. Leise, fast zaghaft, versuchte sich eine Amsel an ihrem morgendlichen Begrüßungslied. Ein wechselnder Chor von unterschiedlichem Gezwitscher antwortete ihr. Die Natur erwachte und begrüßte den neuen Tag. Carl rannte die Treppe herauf und bellte freudig, als ihm Minna die Tür öffnete. Sie hatte die Villa aufwendig einrichten lassen, im Innenhof hatten sich mehrere Unternehmen eingerichtet und unterstützten durch die Pachtverträge die Geldbörse der jungen Frau. So bekam sie Geld für den Unterhalt des Gutes zusammen und fühlte sich außerdem nicht so alleine. Die örtliche Polizei war mit einem neuen Leiter besetzt worden, nachdem das ganze Ausmaß der Intrigen, Unterschlagungen und Klüngeleien mit dem alten Anwalt herausgekommen waren. Der junge Notar fühlte sich auch ohne das Gerichtsurteil moralisch verpflichtet, Minna den entstandenen Schaden wieder gutzumachen und die, von seinem Vater veruntreuten Geldern zurückzuzahlen. Für den Mord an dem alten Gutsbesitzer konnte er nicht mehr belangt werden, da er nach einem Verkehrsunfall zweifelsfrei in seinem Wagen verbrannt war. Fassungslos hatte der junge Notar den Ausführungen des Gerichtes zugehört. Minna nahm seine Entschuldigung an, denn er war an dem Geschehenen zu keinem Zeitpunkt nachweislich beteiligt gewesen.

Nach dem Frühstück ging die junge Frau auf ihre Terrasse und war gerade dabei, die aufgefundenen Fotos zu sortieren, als mit lautem Hupen die Idylle gestört wurde. Dr. Martin Berg stieg aus seinem Sportwagen, nahm einen Strauß roter Rosen vom Rücksitz und kam auf das Haus zu: „Fertig?" rief er ihr entgegen. Sie stand auf, klappte ihr gerade fertiggestelltes Album zu und schaute herunter: „Fertig? Womit?" Er lachte: „Heute ist dein Geburtstag und ich habe dir eine riesige Überraschung versprochen. Du wolltest doch mit mir wegfahren, schon vergessen?" Minna lächelte verschmitzt. Natürlich hatte sie das nicht vergessen, aber man darf sich nicht immer zu schnell begeistert zeigen, denn dann verfliegt das Interesse. Sie ging nach unten und öffnete ihrem neuen Freund die Tür. Als sie sich herzhaft begrüßt hatten und die Stufen hinauf gingen, sah Minna neben der Treppe schemenhaft den Schatten ihres Großvaters. Er winkte ihr freundlich zu, zeigte auf den Aktenkoffer, den er hierher mitgebracht hatte, nickte anerkennend und verschwand wieder. Sie wusste, dass sie nie wieder alleine sein würde und dass ihr Großvater diese Liebschaft begrüßte, denn sonst hätte er doch nicht gelächelt, oder . . . . .

Anmerkung

Ich habe diesen fiktiven Roman in Zusammenarbeit mit meiner Ehefrau, **Gisela Minna** Schmidt, geb. **Bülow** geschrieben.
(Aus ihrer Erinnerung und den spärlichen Erzählungen ihrer Großmutter.)
Die Namen der Großeltern, sowie ihr Geburtsname sind echt. Die Großmutter musste ihren großen Bauernhof wegen der Kriegswirren unter Lebensgefahr verlassen.
Ihr Mann **Paul, Carl Friedrich Bülow**, den man wegen seiner stattlichen, muskulösen Figur zu Lebzeiten ohne sein Wissen „Athlet Graulich" genannt hatte, war zu diesem Zeitpunkt schon seit Jahren unter nicht mehr zu klärenden Umständen eines unnatürlichen Todes gestorben.

Roman Schmidt
Herbst 2014

Weitere Bücher von Roman Schmidt:
Die weiße Traumkatze
Ron`s Krimis
Verlag B.o.D. Norderstedt

Herstellung und Verlag:
BoD - Books on Demand, Norderstedt
ISBN 978-3-7347-3810-4